新经典文化股份有限公司
www.readinglife.com
出　品

献给帕特

目　录

序幕　不祥之兆

那天下午，苏鲁吉帕特·哈班斯先生差点碾死那两个白种女人和那条黑母狗。

他看到那两个女人时，只把她们当作一定不能撞上的东西。他顾不得去想，看到两个金发碧眼的女人骑着红色的美式自行车艰难地往埃尔维拉山上爬是多么奇怪的事情。埃尔维拉山是纳帕罗尼郡的最高处。而纳帕罗尼郡是特立尼达九个郡中最小、最偏、最不受重视的那个。

配有宽轮胎的重型美式自行车并没有让那两个女人骑车上山变得更容易。她们从低矮的坐垫上站起身，用力踩踏板，自行车沿着狭窄的马路歪歪扭扭地往上爬。

哈班斯挂了低档跟在后面，煞是紧张。他不喜欢开车，觉得这辆在烂泥路上左右颠簸、一直发出咔嚓声的旧道奇卡车不受自己掌控。不过，卡车有些其他事让他担心。它上面贴满了红色的海报，非常醒目。海报上写着：为埃尔维拉选哈班斯。前保险杠上有两张，车前盖上有两张，两侧的翼子板上各一张，车门上除了漆有“哈班斯运输部”字样的那一小块长方形，到处都贴满了。海报是他的第一样竞选物品，那天早上刚到。埃尔维拉人会怎样看他？这些海报让他觉得不好意思，也有点紧张。

快到山脊时，他觉得应该加把劲，于是轻轻地踩了一下油门。与此同时，那两个女人摇摇晃晃地骑到路中间，觉得再也骑不上去了，便下了车。哈班斯用力踩刹车，他的左脚没踩到离合器，车停了下来。

贴有两张“为埃尔维拉选哈班斯”海报的保险杠撞在其中一辆自行车车尾的挡泥板上，骑车的人朝前打了个踉跄，手还抓着车把手。但她没有摔倒。

女人们转身看着卡车。她们都很年轻，都非常漂亮。除了在电影里，哈班斯还从来没有见过这么漂亮的女人。也许是她们戴了太阳镜的效果。她们的自行车筐里装满了书和杂志，每个车筐上面都插有一面硬三角旗，上面写着：觉醒！

刚才被撞得朝前倾的个头较高的女人很快镇静了下来。她笑了笑。“刹车很好啊，先生。”她说话带有美国口音，或者是加拿大口音，哈班斯分不出来。她听上去异常快活。

“头一回这样。”哈班斯说，几乎是在耳语。“二十多年来头一回。”相信他的话不难，因为他的面相看上去就像一名非常小心的司机，瘦瘦的，看上去很谨慎，还有点阴郁。他的头发稀疏灰白，鼻子瘦瘦长长的。

较矮的女人也笑起来。“别那么担心，先生。我们没事。”

处于困境时，哈班斯总会突然走神。他会低头盯着手背上灰白的毛发，专心致志地研究。

“嗯？”他对着自己的手说，然后停了停。“嗯？没事？”他又停了停。“你们确定？”

“我们总是没事。”较高的那个女人说。

“我们是耶和华见证人[①]的信徒。”另一个女人说。

“嗯？”但是听到这个法律单词[②]，他抬起头来。“你们是……”他挥了挥一只布满皱纹的手。“可笑的选举。”他感到既难为情又抱歉。他微弱的声音变成了咕哝。“烦恼让我有点头脑发热。选举的烦恼。”

较高的女人对他笑了笑，说：“我们知道你在烦恼。”

“我们是耶和华见证人的信徒。”另一个女人说。

哈班斯这时才看到那面写有“觉醒”字样的三角旗，明白了她们的意思。女人们将她们的红色自行车拖到路边，挥手示意他过去。他费力地将他的道奇车启动，然后开到埃尔维拉山顶。特立尼达汽车协会在那里竖了一块黑黄相间的牌子，上面赫然写着“埃尔维拉”。“埃尔维拉”是“埃尔维拉庄园”的缩写，来自早期一位庄园主妻子的名字，但熟悉这个区的人都叫它“埃尔维拉”。

在埃尔维拉山顶，你可以看到特立尼达最美的景色，比在南卡罗尼的托尔图加岛看到的景色还要美。往下看，是中部山脉丛林覆盖的小山和谷地。远处，往南看，甘蔗地郁郁葱葱，皮埃尔角城炼油厂成排的油桶闪闪发亮，圣费尔南多的房子白墙红瓦。往西看，卡罗尼的稻田和沼泽地闪闪发光，还有美丽的巴利亚海湾。往北看，

---

① Jehovah’s Witness，完全独立的国际性宗教团体，19 世纪 70 年代末由查尔斯·泰兹·罗素在美国发起，属于基督教非传统教派的一支。

②哈班斯误解了 witness（证人，目击者）在这里的意思。

卡罗尼大草原辽阔无边，北部山脉脚下的聚居区依稀可见。

哈班斯无心看风景。他在周围看到的只是灌木丛。确实，埃尔维拉庄园早已解体，只有那些开着红黄色鸟形花的高高的蜡菊树会让你想起，这里曾是大片的可可园。

让哈班斯感兴趣的是埃尔维拉的路。即便是竞选也没让他忘记去数路面上的车辙、沟渠和小窄沟。这样的路况，开车去埃尔维拉简直就是受罪。到目前为止，他数到的有七处，还注意到有一处即将塌方。

这让他有所安慰。多年来，他成功地说服了纳帕罗尼郡的总工程师不要插手埃尔维拉的道路。大修从来没有考虑过，就连沥青也没有铺上，虽然向全世界供应沥青的沥青湖就在三十英里远的地方。埃尔维拉这些坑坑洼洼的泥巴路可以让哈班斯运输公司忙着搬运沙子、砾石和青金石等修路材料。哈班斯还有一个采石场。埃尔维拉总是在修路。那天下午，哈班斯遇到三组修路工——四人一组，两人用锤子和轻碾槌填路上的坑洼，两人指挥过往车辆。一群有礼貌的孩子。当哈班斯经过时，他们停下来，摘掉头上的帽子，对他说：“好运，老板。”

在科多巴西班牙人的小居住点，哈班斯看到有些劳工刚干完活回来。他们肩上扛着沾有泥巴的锄头和叉子。他们没有挥手，也没有大声说话。科多巴的西班牙人居住点是一块保留地，不过现在那里黑人比西班牙人多，但他们生活在自己的小天地里。

就算这样，哈班斯还是想展示一番。但那些劳工只是停下来站在路边，默默地打量着贴满海报的卡车。哈班斯更害羞了，还感到有点沮丧。

从科多巴开始，道路突然陡直向下，一直到可可屋，路面几乎被埋进了高高的灌木丛里。可可屋在一处隐蔽的角落，哈班斯在转弯处才看到那条黑母狗，在路中间慢悠悠一瘸一拐地走着。它是只快要饿死的杂种狗，肋骨突了出来，即便是道奇车的咔嚓声也没能让它加快步子。在踩刹车前，哈班斯差点就碾上它了。他不得不再一次停车。

"拖着屁股滚开！"

哈班斯只有在心烦意燥时才那样说话。而且，他以为碾到它了。

如果说碾到了，那条狗却没有任何被碾的迹象。它没有呻吟或是发出哀鸣声。它没有倒下，虽然看起来是要倒的样子。然后哈班斯发现它刚刚产过仔。它的乳房红红的，瘪瘪的，吊在缩小的腹部扇形的红色腹线上。

哈班斯不耐烦地按着喇叭。

这下狗明白了。它抬头看了看，不过眼里没什么生气，然后提着一条腿，一瘸一拐地走到路边，消失在可可屋前的矮树丛里。

开车离开后，哈班斯才想起，这是二十年来他头一回碰到这种事情。先是奇怪的白种女人。然后是黑母狗。他每次都不得不停车。

这显然是种征兆。

而且不是什么好征兆。他已经为竞选谈好了一切。政治新闻记者说，他差不多已经赢了。今天下午，他打算把自己正式介绍给巴克什和吉德伦金——埃尔维拉的权势人物。交易得正式确定下来。

但这些征兆意味着什么？

他不安地把车开进埃尔维拉，在那里，他会知道答案。他第一个要拜访的是巴克什。

一　巴克什一家

民主是四年前降临埃尔维拉的，那是一九四六年，但它那时几乎让所有人都措手不及，直到一九五〇年，第二次普选前的几个月，人们才开始看到它带来的机遇。

那时候，巴克什还只是个裁缝，是个名声在外的富人。现在，他发现自己是埃尔维拉穆斯林的领袖。他说他控制着一千多张穆斯林的选票。纳帕罗尼郡有八千个选民，也就是说，在埃尔维拉和科多巴，有八千张选票。巴克什是位有权势的人物。

巴克什是怎样成为穆斯林的领袖的，这是个谜。他不是一个虔诚的穆斯林。先知的禁令，他并非全都知道。而且那些他知道的禁令也被他打破。比方说，他是个酒鬼。每次去拉姆劳干的酒铺，他总要点上一瓶白朗姆酒，那种酒，你要趁它在你嘴里还没有变成蒸汽时快速咽下去。他没有一点领导的威严。他是个吹牛大王：在埃尔维拉，人们叫他“大嘴巴”。

吉德伦金现在是埃尔维拉的另一位权势人物。他孤僻呆板，不管他什么时候跟你说话，你总觉得他在提醒你要有自知之明。巴克什跟大家打得火热，跟他们一起喝酒，一起吵吵闹闹。也许正是这一点让他成了穆斯林的领袖。说句公道话，领袖这一位子应该是哈克的。哈克是个难以接近的黑人，个头不高，蓄着白色的胡须和腮须，说到异教徒时，他的双眼在铁丝眼镜框后面闪闪发亮。哈克是正统教徒，或者是他让人们那么认为的，但他没钱。他经营着一个脏兮兮的小货摊，两个岗亭那么大，只卖廉价糖果和软饮料。

巴克什挣了很多钱。他虽然表面看上去嬉闹欢快，却是个城府很深的人，这一点大家不难感觉。他吹牛，但他也干活。就拿他的衬衫生意来说，几个月来，巴克什一直在说这个。“做两三打便宜的卡其布衬衫，”他在拉姆劳干的酒铺子里跟别人说，“在集市日带到普林斯镇和里奥克拉鲁，每件卖七十美元。如果有某个蠢蛋走到你跟前，你跟他说，这些衬衫对他来说不是太好，你会专门给他定制一件。你假装给他量尺寸，下周再去时，你给那个傻瓜同样的衬衫。只是，你会多收他点钱。”几个月来，他一直那么说。后来有一天，他真的像他说的那样做了，而且挣了很多钱。

他住在一幢两层的木房子里。房子很旧，但做工细致，到处都是百叶窗和浮雕，是埃尔维拉庄园时期为一名监工建的。但巴克什常说，只要他想建，他随时都能建一座比吉德伦金家的房子还要大的房子。“只不过，”他常说，“他们没有我想要的那种建筑材料。你们知道的，特立尼达这地方落后得要死。”他保存了从美国杂志上剪下来的加利福尼亚式房子的图样，向大家展示他想要的那种房子。“想一想，在特立尼达他们能建那种房子吗？”他会问别人，然后又自己回答：“不可能！”如果他碰巧在裁缝店门口，他会使劲朝门外吐唾沫，唾沫径直飞过一小块参差不齐的草地，落入路边深深的排水沟里。

作为一个裁缝，巴克什穿得很差。他说，他之所以穿得差，就因为他是个裁缝，不管怎么说，“只有穷人喜欢打扮，想显得他们没那么穷。”他给他的孩子们也穿得很差，因为他不想让他们“觉得自己比穷人的孩子们高贵”。

一九五〇年七月，当哈班斯开车到埃尔维拉去拜访巴克什的时候，巴克什家有七个孩子。最大的十七岁，八月份满十八岁。那个男孩的名字知道的人不多，但大家都叫他弗姆，弗尔姆的简称。

贴满海报的道奇车在巴克什店铺对面的一条小路上停下来。哈班斯看到了店铺的招牌：

M. 巴克什

伦敦裁缝铺

成衣制作和裁剪

以市区的价格制作和修补衣裤

一群穷人的孩子，周五下午刚从学校回来，自卡车进入埃尔维拉的主干道后便一直跟在后面跑。很多孩子都半裸着身子，根据他们奇怪的乡村规矩，应该被遮起来的是上半身，而不是下半身。他们大喊：“为埃尔维拉选哈班斯！”并且有节奏地唱起来。哈班斯觉得那是一种侮辱。走下卡车时，他想把他们赶走，但他想到选举的事，于是假装没有听见。

他长得并不高，但看起来比实际要高，因为他很瘦。他走起路来就像钟表的指针那样僵硬、笨拙，看上去好像只有膝盖以下在动。他的衬衫雪白，手腕处扣了扣子，刚刚熨过，他的裤子也刚刚熨过。他的穿着唯一稍显随意的地方是他用作裤腰带的带子。总体看来，他身上透出有钱人那种苦行僧式的尊严。

巴克什的长子弗姆坐在门边的辛格缝纫机旁，正在用粗线脚缝一件外套。他个头很高，瘦骨嶙峋，有一张平板脸：你会觉得在他出生的那一刻有人把他的脸拍扁了。

“候选人来了，爸爸。”弗姆喊道。

“让他进来。”巴克什说。要是哈班斯听到巴克什的话，他肯定能听出他整个下午都在担心的那种不经意的挑衅语气。巴克什站在柜台边，脖子上绕了根卷尺。他先在一本翻得蓬松的抄写本上查看一番，然后用一块黄色的三角形粉笔在某种深蓝色的布料上做记号。柜台一端堆了一堆已经裁好的新布料。另一端用螺丝固定了一把尺子，包了黄铜的那一头被磨得很光滑。

光线只从前门射进店里，并未照到店里的每个地方。未上漆的墙板因为年岁已久变得弯曲，见不到阳光使它们呈现出幽暗的黄褐色。年代久远，再加上见不到阳光，店铺显得潮湿阴暗，有种发霉的味道。当哈班斯走过排水沟上面那块摇摇晃晃的厚木板，来到院子里时，迎接他的正是这种午后刺鼻的霉味，而不是新布散发出来的味道。

弗姆继续缝外套。巴克什又在他的布料上做了几个记号。

要是在两个月，或者一个月之前，他们看到哈班斯来了肯定会立马起身。

哈班斯很受伤。

“啊，巴克什。”哈班斯柔声细语地说，“你好吗？”他朝弗姆炫了一下他的假牙，马上补充道，“小男孩怎么样？他干得好吗？哦，他看上去太棒了，太好了。”

当哈班斯弄乱弗姆的头发时，弗姆露出不悦的表情。

“弗姆，”巴克什轻声说道，“听话，起来，把你的凳子给哈班斯先生坐。”

巴克什放下粉笔和布料，走到门口。他佝偻着背，看上去像个劳工，不像个领导，甚至不像七个孩子的父亲。他看上去不过三十来岁。安排哈班斯坐下后，他朝门外的排水沟吐了口唾沫。“你看，家里没什么家具。”他边说边用手指着昏暗的、没有窗户的房间，阴沉沉的墙壁，以及熏得乌黑的天花板。

“有关系吗？”哈班斯说。

“当你没有的时候就有关系了。”

哈班斯“啊”了一声。巴克什的长相让他有点害怕。他不喜欢他那僵硬的方脸，浓密的眉毛快要长到厚鼻梁上了，厚嘴唇上胡须浓重。他尤其不喜欢巴克什布满红血丝的眼睛。那让他看起来显得特别鲁莽。

哈班斯将双手放在单薄的膝盖上，看着它们。“巴克什，我今天可是冒着生命危险来见你。我跟你说，我最讨厌开车了！”

“你想做衣服？”

“只想跟你聊聊天，巴克什。”

巴克什努力做出吃惊的样子。

“弗姆，”哈班斯说，“走开一会儿。我有几件私事想跟你父亲谈谈。”

弗姆没动。

巴克什笑起来。“不，先生。弗姆现在是大人了。嗯，再过两三年，我们就要考虑他结婚的事情了。”

弗姆靠在墙上，头顶上方是一幅可口可乐的大挂历，“不要，老兄，我还没有那么放纵，我不想结婚。”

哈班斯没有反驳。他“哦”了一声，然后轻声笑了笑。房间太黑，他看不清弗姆脸上的表情，但他看到这个男孩高高的，瘦而结实，他觉得他的姿态有点傲慢。他的姿态，以及他的大嗓门，让他几乎跟他父亲一样令人害怕。哈班斯的手开始轻敲膝盖。“哦，哦。孩子，嗯，巴克什？”他又一次轻声笑了起来。“孩子，你想干什么？”

巴克什吸了口气，走回柜台。“他们可是现代化的一代。”

哈班斯的手停了下来。“我来跟你聊的就是这个。现代世界，巴克什。在这个现代世界里，大家都是一样的。你是谁，你是干什么的，没什么区别。你是穆斯林，我是印度教徒。告诉我，有关系吗？”他又开始柔声细语。

“要看情况。”

“是的，如你所说，要看情况。巴克什，你支持谁？”

“你是说这次选举？”

哈班斯露出羞愧的表情。

巴克什在这个昏暗的房间里最昏暗的角落里那把矮躺椅上躺下

来，抬头望着天花板。“还真没想过。”

“哦。呵，弗姆，你支持谁？”

“干吗拿这种事情为难孩子呢？”

“我支持你，哈班斯先生。”弗姆说。

“哦，哦。难道他不是个好男孩吗？巴克什。”

“他是替我回答。”巴克什说。

哈班斯显得更羞愧了。

巴克什坐起来。“你需要很多帮助。麦克风。装着高音喇叭的大篷车（宣传车）。实际上，你需要一名竞选干事。”

“竞选什么？哦。不用搞得那么复杂，伙计。你和我，巴克什，我们都是非常简单的人。我们得为居民考虑。”

“一直在为他们考虑。”巴克什说。

“巴克什，你知道，还有你，弗姆，你们应该知道金钱不是万能的时代到了。”

“但钱还是很重要。”弗姆瓮声瓮气地说，又缝起来。

“确实。”哈班斯用长笛般的声音说。

“一定要有一辆装着高音喇叭的大篷车。”巴克什说，“你的对手有辆装着高音喇叭的大篷车。想想吧，你可以用*我的*喇叭。”他盯着哈班斯看。“你可以用*我的*大篷车。”

哈班斯回头盯着黑暗处。“你说什么？巴克什。你没有喇叭。”

巴克什站起来。弗姆停下手头的活。

“你没有喇叭。”哈班斯重复道，“你也没有大篷车。”

“那你就得不到穆斯林的选票。”巴克什说完便走回柜台，熟练地拿起黄色粉笔。

“哈！”哈班斯轻声笑起来，“我只是逗你的。哈！我只是开玩笑，巴克什。”

“一点也不好笑的玩笑。”弗姆说。

“你会有大篷车的。”哈班斯说，“你也会有喇叭的。你确定我们需要喇叭？”

“一定要有一个，伙计。给那个男孩。”

“男孩？”

“还会是谁呢？”弗姆问，“我一直想从事宣传工作。很多人说我嗓子好，有那方面的天赋。”

“百分之百比那个洛克胡强。”巴克什说。

洛克胡是埃尔维拉最聪明的年轻人，是弗姆的天敌。他只比弗姆大两岁半，但他已经有了自己的事业。他开着宣传车在特立尼达的边远地区转悠，为卡罗尼的电影做宣传。

“洛克胡只是个吹牛大王。”弗姆说，“你听说过他吗？哈班斯先生。他会说：‘这里是最流行的洛克胡之声，请求你，恳求你，哀求你，乞求你去新电影院看电影。’你知道吗，他只会说那几句大话。就像个吹牛大王！”

“他们一家人都是那样。”巴克什说。

“我们在埃尔维拉还要建一座水塔。”哈班斯说，“埃尔维拉地方很大，但只有一所学校。还有路也要修！”

“哈班斯先生，洛克胡在高音喇叭里说你的坏话，你知道吗？”弗姆说。

“什么！但我没对那个男孩或是他的家人做过什么。为什么他要跟我这样的老人过不去呢？”

巴克什和弗姆也不知道为什么。洛克胡以前常常说他不喜欢政治。后来，当他突然宣布支持另一个候选人，就是他们所说的传教士时，埃尔维拉所有人都大吃一惊。就连传教士的支持者都感到奇怪。

“但我是印度教徒。”哈班斯大声说，“洛克胡也是印度教徒。传教士是黑人。”

巴克什终于找到了机会。“传教士给钱很大方。洛克胡为他处理竞选的事情。每个月给一百美金。”

“传教士的钱从哪里来？”

巴克什开始瞎编。“传教士私下”——“私下”一词一九五〇年在埃尔维拉非常流行——“跟我说，当他还是个小男孩时，甚至在这次民主和普选之前，他就立志要进立法会。他说上帝给了他这次机会。”巴克什停了一会儿，想找瞎编的灵感，但没有灵感。“他一直在存钱，”巴克什牵强地说，“存了很长一段时间。”他换了个话题。“老实跟你说，哈班斯先生，我有点担心传教士。他的行为太搞笑了。他没有宣传或是什么的。他只是安静又轻快地从一家走到另一家。他没有贴海报或是什么的。”

“挨家挨户拉选票。”哈班斯闷闷不乐地说。

“还有洛克胡，他靠说大话赢得了很多蠢蛋的支持。”弗姆说。

哈班斯记起他那天下午碰到的征兆：先是那些女人，然后就是那条黑母狗，两次都停了车。他到埃尔维拉还不到半小时，却发生了这么多意想不到的事情。巴克什没有坚持原来的要价。他现在要一辆装有喇叭的大篷车，他还要弗姆参与竞选的事。哈班斯觉得弗姆肯定会制造麻烦。他刚才就说了洛克胡的消息。

“叛徒！”哈班斯大声嚷嚷道，“这个洛克胡真是个他妈的叛徒！”

“他们一家人都是那样。”巴克什说，好像这话能安慰到哈班斯。

“我还没开始竞选，就已经花了两千多美金了。别问我花在什么地方，因为我不知道。”

巴克什笑了。“你说话跟弗姆的妈妈一个样。”

“别担心，哈班斯先生，”弗姆说，“等我们让你进了立法会，你会挣回来的。别太担心洛克胡。他甚至没有选票。还太年轻。”

“但他一个月挣一百美金。”巴克什说。

“巴克什，我们真的需要宣传车吗？”

“老实说，老板，比起选举，我以后更需要它。靠它宣传各种事情。体育比赛啦，婚礼啦，葬礼啦。如今干那一行很挣钱，老板，尤其是对没什么家具的穷人来说。”巴克什又朝房间里挥了挥手。“弗姆能为你打理所有竞选的事情，每月八十美金。对你来说不是什么难事。”

哈班斯痛苦地接受了买宣传车的事情。他又试探道：“但是巴克什，我不需要竞选干事。”

“那你就得不到穆斯林的选票。”弗姆说。

哈班斯吃惊地看着弗姆。弗姆正在慢慢地、一针接一针地缝衣服，他把粗针拉得好高。

“我向你保证，这孩子会日夜为你工作。”巴克什说。这位穆斯林领袖吻了下他交叉的食指。

“每月七十美金。”

“好吧，老板。”

“嗯，我可以自己做主，七十五。”弗姆说。

“呵。小孩子们，巴克什。”

“他们就是那样的，老板。但孩子说得有道理。就七十五吧。”

哈班斯低垂着脑袋。

正式谈判结束。

“弗姆，抄近道到哈克的店里去给老板买点甜饮和糕点。”巴克什说。

巴克什领着哈班斯穿过昏暗的店铺，走上黑乎乎的楼梯，穿过杂乱的卧室，来到游廊，在那里将妻子和六个小孩子——他们特意穿了上学时穿的衣服——介绍给哈班斯。

巴克什夫人正在梳理她那浓密的齐臀黑发。她向哈班斯点了点头，把梳子上的散发清理下来，卷成一个球，朝上面吐了点口水，然后扔到一个角落。之后她又开始梳起来。她很年轻，活力四射，跟她丈夫一样健壮。哈班斯觉得她也有点她丈夫那种大大咧咧。给人这种印象也许是因为她的时髦裙子，裙摆刚过膝盖。

哈班斯一见到巴克什夫人就被她吓到了。他也不喜欢巴克什家的孩子们。他们家的每个成员都给人一种傲慢无礼的感觉。

如果说像巴克什夫妇那么结实的人却有一个像弗姆那样瘦骨嶙峋的儿子让哈班斯不解的话，那么，当他看到巴克什家的其他孩子（伊克巴尔、赫伯特、拉菲克和查尔斯）时，他能够想象出弗姆成长所经历的阶段。（巴克什夫妇给孩子们取名时一个取基督教的名字，一个取穆斯林的名字，这是他们对环境做出的让步。）男孩们的骨架很小，瘦瘦的，看起来像是被放在架子上拉直过似的。他们的肚子上一点赘肉也没有。这种体形很适合女孩，卡罗尔和吉拉。

她们看起来既苗条又乖巧。

巴克什把藤椅上的一堆衣服拿开，邀请哈班斯坐。

哈班斯还没坐下，巴克什夫人就说："这人是怎么回事？这是我熨过的衣服。"

"卡罗尔，把你母亲熨过的衣服拿进去。"巴克什说。

卡罗尔将衣服拿走。

哈班斯坐下，研究起他的手背来。

巴克什夫人很看重自己家庭的地位，觉得值得守护。她看到到处都是威胁，这次选举是最大的威胁。她再也经受不起更多的敌人。忌妒她的人太多，她怀疑几乎每个人都在用邪恶的眼光看着她，用当地方言说就是"mal yeux"。哈班斯有一张瘦瘦的脸蛋，鼻子也瘦瘦的，她尤其怀疑他。

哈班斯边研究手上的灰白毛发和山脊般的血管，边考虑宣传车和每月七十五美金的事情，对自己受到怀疑一点也不知情。

弗姆拿着两瓶彩色汽水和一个装有两个岩皮饼的纸袋回来了。

"吉拉，去拿只杯子过来。"巴克什命令道。

"别麻烦，不用拿杯子。"哈班斯赶忙安抚，"我没那么讲究。"他犯难了。汽水和岩皮饼肯定不适合他。

巴克什家的孩子们一直都死气沉沉的，一听说哈班斯要吃东西，都饶有兴趣地看着他。

吉拉拿来一只杯子。弗姆打开一个瓶盖，把鲜红的饮料倒出来。吉拉把装有岩皮饼的纸袋子递给哈班斯。弗姆和吉拉是巴克什家最大的孩子，从他们的举止可以看出，他们已经到了看着食物不嘴馋的阶段了。

巴克什家的其他孩子还没有到那个阶段。

巴克什离开游廊，回来时拿了罐用玻璃纸包起来的亨特利和帕尔玛饼干。他感觉到妻子的不赞同，但他避开了她的目光。

“吃饼干吗？哈班斯先生。”

孩子们聚精会神地看着。

“好饼干。”巴克什继续诱惑他，“圣诞节留下的。”

“给孩子们吧，嗯？”哈班斯说。他掰了一大块岩皮饼，递给挨得最近的赫伯特。

“赫伯特！”巴克什夫人大喊，“你的眼睛比嘴巴还长！嗯？”

“让这个可怜的孩子吃吧。”哈班斯柔声细语地说，露出他的假牙。

她没有理会哈班斯的请求，面对着赫伯特。“你不知道你在生人面前让我多难堪。你让他觉得我让你挨饿了。”

赫伯特已经把饼放进嘴里。他慢慢地嚼，表明他知道自己错了。

“你不羞愧吗？”巴克什夫人指着他的肚子说。“瞧瞧你的大肚皮。”

赫伯特停下来，咕哝着说：“只是空气，妈妈。”

其他孩子的注意力被分散了，他们一会儿打量生气的母亲，一会儿盯着哈班斯的食物。

哈班斯哦哦地说了几声，尴尬地对着每一个人笑。

巴克什夫人转身对他说：“你把饼干吃完，把饮料喝完，不要给这些不知廉耻的家伙。”

她语气坚定，容不得半点商量，这一招确实对孩子们很管用。哈班斯不知道这点。他边吃边喝。温暖的液体直接进入他的胃里，到了胃里四处流窜，循环起来。不过，在喝汽水和吃岩皮饼时，他还是时不时地抬起头来，对着巴克什夫人、巴克什、弗姆和其他孩子们笑。

饼干省下了。

最后，哈班斯吃完了准备离开。他很高兴。巴克什全家都让他害怕。

弗姆跟哈班斯一起走下台阶。他们还没走出去便听到楼上有人哭喊。

“是赫伯特。”弗姆说，“每次他们打他时，他都发出那种怪叫。”

弗姆说他们时，哈班斯明白他指的是巴克什夫人。

候选人和竞选干事上了道奇车，驱车去见吉德伦金。

二　与吉德伦金谈判

毫无疑问，埃尔维拉最重要的人物是那位金匠，吉德伦金。原因大家都知道。他看起来富有，也确实富有。他是位大方的金匠，名声传到了埃尔维拉以外的地方。人们从查瓜纳斯和库瓦来找他，有些甚至从圣费尔南多那么远的地方来找他。他家的房子大家都认识，是埃尔维拉最大的。房子很结实，两层，用混凝土砌成，涂了鲜亮的颜料，总是被打理得井井有条。

没人见过吉德伦金干活。因为，打弗姆记事以来，吉德伦金就经常雇两个人在楼下的店里干活。他们在外面干活，直接坐在搭有遮阳棚的混凝土露台上，周围放着干活用的工具：小钳子、锤子、凿子、镀锌铁皮上一堆烧得红彤彤的木炭，装有各种液体、被弄得脏兮兮的盆盆罐罐，有的发臭了，有的金属浸下去时发出嘶嘶的声音。每天下午，当工人们清理好场地回家以后，孩子们就在露台上扫银屑金沙。弗姆小时候也那么干过。他没扫到多少，但有些孩子几年后攒下来的碎屑够打一枚金戒指。吉德伦金从来没有反对过他们那么做。

难怪弗姆跟其他人一样，包括印度教徒、穆斯林、黑人，都把他家的房子叫豪宅。作为印度教徒，吉德伦金自然在埃尔维拉的印度教徒中有很大的影响力，但他不只是印度教徒的领袖。他是唯一一位在科多巴的西班牙人中有影响力的人（据说他借钱给他们了）。很多黑人喜欢他。穆斯林不信任他，但就连他们也尊敬他。

“你不用担心，哈班斯先生。”当弗姆和哈班斯开车穿过埃尔维拉时，弗姆以竞选干事的口吻说。“吉德伦金至少控制了五千张选票。再加上穆斯林的那一千张，你就赢了，哈班斯先生。埃尔维拉总共只有八千个选民。”

哈班斯一路上都在思考。“那个叛徒洛克胡怎么办？”

“嘿！你还担心洛克胡？看看这里的人是怎么欢迎你的，老板。”

确实，从车子离开巴克什家之后所受的欢迎来看，哈班斯好像是没什么要担心的。哈班斯终于来埃尔维拉竞选啦，这个消息传开了。五点刚过，天变凉了，大部分人都在家里。孩子们冲到路边大喊：“选哈班斯，老板！”女人们丢下烹饪活儿，从前院朝哈班斯羞涩地挥手，让屁股后面的孩子们也跟着挥手。

哈班斯一路上郁郁寡欢，他让弗姆朝他们挥手，回应他们，“好，伙计们！加油！”

弗姆的满腔热情让哈班斯更沮丧。跟巴克什的交易已经让他吓了一跳，他担心吉德伦金提出更苛刻的条件。再加上，他担心他的道奇车，担心他刚喝下去的甜饮以及吃下去的岩皮饼会在他胃里翻江倒海。

“你很害羞，哈班斯先生。”弗姆说，“我知道是怎么回事。但你要习惯这种挥手。在这次选举结束之前，我们十之八九会看到你朝每一个人挥手，大喊，甚至对那些不选你的人，你也会那样。”

哈班斯难过地摇了摇头。

弗姆已经适应了座椅与门的角落处。“我是这么看的。在特立尼达，民主是件新鲜事。我们还在摸索。我们是个正在摸索的国家。”他的语气突然变得严肃起来，“我敬佩像您这样的人，哈班斯先生，第一次做这种事情。”

哈班斯没那么讨厌弗姆了。“我觉得你会成为一流的演说家，弗姆。你从哪里学来的？”

“社会与辩论俱乐部。弗朗西斯老师创办的。但现在乱套了。”他把长长的脑袋伸出窗外，对路边的一群孩子大声地说鼓励的话。“哈班斯先生，不久后，等我年龄到了，我要进郡议会。可以说是提前竞选。你想知道我会怎么做吗？嗯，我会走进一家小餐馆，看到穷人的孩子就给那孩子买瓶甜饮。”

“甜饮？嗯？”

“是的，先生。给他买瓶甜饮。花我六分钱。但五年后我会得到一张选票。五年里每一天都给不同的孩子买甜饮。五年后，你会得到什么？每一个人，先生，每一个人都会说，‘我们会选弗姆。’这是唯一的办法，哈班斯先生。”

“对我来说，现在给穷人的孩子买甜饮太迟了。”

他们现在到了吉德伦金家附近，道奇车在拉姆劳干的酒铺不远处慢下来。

拉姆劳干高大肥胖，穿着沾满油污的裤子和汗衫。他正斜靠在店铺的门上，肥肥的手臂交叉在胸前，怒视着这个世界。

"朝他挥手。"弗姆命令道。

哈班斯瘦削的双手紧张地握着方向盘，所以只向拉姆劳干点了点头。

"你应该做得更好些。尤其是，这个拉姆劳干和吉德伦金是死对头。"

"啊。但我们的民众为什么不团结呢？弗姆。人们现在应该团结起来。"

道奇车停了下来。哈班斯费力地把它挂到空挡。

"看到吉德伦金院子里那棵玫瑰树了吗？就在拉姆劳干家隔壁。"

"哦，哦，是棵好树。"这让他觉得吉德伦金肯定是个好人，"我不知道吉德伦金喜欢花。"

"吉德伦金不喜欢花。"

哈班斯朝玫瑰花皱了一下眉头。

"吉德伦金说花让人咳嗽。"

"是的。"

"嘿！别一开始就跟吉德伦金聊花。再瞧瞧那些玫瑰花。花在吉德伦金的院子里。但看看树根在哪里。"

树根在拉姆劳干的院子里。但长到离地面八英寸高的地方，它却——好像是故意作对似的——改变了方向。它几乎弯成了一个直角，穿过稀疏的铁丝篱笆网，然后开始疯长，在吉德伦金的院子里开花。

"看那株铃儿草。"弗姆继续说，"根在拉姆劳干的院子里，但花一直往上爬到了吉德伦金卧室的窗户上。看那棵面包树。整个都在拉姆劳干的院子里，但所有的面包果都掉在吉德伦金的院子里。再看那棵鳄梨树。一样的。像是施了巫术和魔法，嗯？”

“哦，哦。”

“现在，只要拉姆劳干种树，他总要种在院子中间。但后来怎样呢？瞧拉姆劳干院子中间那棵刺果番荔枝树。”

那棵树长得很矮小，蔫蔫的。

“拉姆劳干枯萎病，哈班斯先生。因为那些树，整个一排都是那样的。有一天，吉德伦金说他要砍了那些树，拉姆劳干拿着弯刀追着他跑，老兄。还有一天，当拉姆劳干说他想去吉德伦金的院子里从自己的树上摘面包果、鳄梨和鲜花时，吉德伦金拿了根棍子，将拉姆劳干撵到埃尔维拉的主干道上。”

哈班斯开始担心吉德伦金了。

在弗姆跟哈班斯说话的这段时间里，拉姆劳干一直盯着卡车看。他浓密的眉毛在深陷的眼睛上方紧锁着，眼睛里流露出不赞同的神色，肥厚下垂的脸颊上表情有些泛酸，粗壮的手臂仍然交叉放在胸前。他时不时悠闲地清着嗓子，从上齿的空隙处嘶嘶地吐着唾沫。

“弗姆，”哈班斯说，“有你这样的竞选干事可是件好事。我只认识埃尔维拉的路，但我不了解这里的人。”

“那样远不能称为本地通。”弗姆表示同意。“当心，哈班斯先生，卡车要翻到排水沟里去了！”

车继续向前，朝右边的排水沟驶去。哈班斯俯身去拉手刹，伴着巨大的撕裂声，车子停了下来。“哦，天啦！我的确知道我今天是冒着生命危险。”他的惊呼带有双重含义。他那时就知道他遇到的征兆正在被证实。

拉姆劳干发出短促的笑声，那么刺耳和冷漠，简直就像一句“哈”。

喧闹声将吉德伦金引到了他楼上的游廊。半高的围墙遮住了他大半个身子，但弗姆和哈班斯能看到的部分显得格外矮小干巴。细边银框眼镜和纤细的银灰色手臂更凸显了他的矮小。

弗姆和哈班斯下了车。

吉德伦金店里的遮阳棚已经收了，地上的碎屑也已经被孩子们扫过，只有摆在混凝土露台上的两把小铁砧表明那天工人们在那里忙活过。

“哈班斯先生，是你吗？”

“是我，金匠。”

“这个跟你一起来的小男孩是谁？”

“竞选……”但哈班斯不好意思说出口，“巴克什的儿子。”

“也没有那么小。”弗姆自言自语。但他有点担心。虽然他在车上一直直呼吉德伦金的大名，没有在名字前加上“先生”，但跟埃尔维拉的其他人一样，他很怕吉德伦金，从小就怕他。他从来没踏进过他家的豪宅。

“巴克什的儿子找我有什么事？他想单独见我？”

“不是单独，金匠。他只是跟我一起来。”

“他为什么跟你一起来？”

哈班斯羞得无地自容。

“有关这次选举的事。”弗姆抬高嗓音说。

“哈。”拉姆劳干站在他的店铺门口说，“哈。”

吉德伦金转身跟他家游廊上的某人说了几句，然后朝下喊道：

“好吧，你们两个都上来吧。”说完他便走开了。

弗姆用手肘轻轻地推了推哈班斯，指着吉德伦金院子的一边。面包树和鳄梨树下全是腐烂的果子。“明白我刚才跟你说的了吧。”弗姆低声说，“一个不敢吃，另一个不敢过来摘。”

他们沿着房子旁边精致的红色台阶往上走，来到那个大游廊。吉德伦金正在莫里斯摇椅里慢慢地摇着。比起弯腰趴在游廊的围墙边上，他坐在摇椅里显得更瘦小。他没起身，没看他们，没跟他们打招呼。他有节奏地、安详地摇着，好像摇摇椅能让他获得极大的快乐。每摇一次，他的木鞋就啪的一声敲在铺了瓷砖的地板上。

“你这房子真大，金匠。”哈班斯小声说。

“嘿！”吉德伦金吸了一口气。他有三颗金牙，还有很多颗用金子补过的牙。“埃尔维拉最大的房子罢了。”他的声音跟哈班斯的一样小，但带着怒气。

哈班斯想换个话题。“金匠，我看你穿着家常便服，你今晚不出去了吗？”

跟弗姆一样，哈班斯也对主人豪华的房子和他随意的穿着形成的反差感到愕然。吉德伦金的白衬衫补了又补，袖子被剪短了很多，瘦削的手臂差不多都露在外面。洗得褪了色的卡其布裤子没有打补丁，但有一只裤腿从膝盖到脚踝处裂开了，看上去已经裂开很长一段时间了。可以说破旧得非常厉害。破旧得令人惊讶。

吉德伦金微笑着摇啊摇，没有看他的客人。“出去干什么？”他最后问。

哈班斯不知道说什么好。

吉德伦金继续露出微笑的表情。但他不是真的在笑。他的脸型就是那样的，嘴唇总是分开，金牙总露在外面，闪闪发光。

吉德伦金让两位客人困惑不解，他们都没有说话。“如果你问我，”吉德伦金说，“我跟你说，我没什么好出去的。”

“要看情况。”弗姆说。

“是的。”哈班斯立马表示同意，“要看情况的，金匠。”

“看什么情况？”夜色降临埃尔维拉，吉德伦金的语气似乎也平静了一些。

哈班斯又不知道该说什么了。

弗姆赶紧救场。“得看你要见谁，你要付出什么，你会得到什么。”

吉德伦金变得温和了些。“你们两个，坐。你们想喝点甜饮吗？”

哈班斯一个劲地摇头。

吉德伦金没有理他。“让我叫那个姑娘。”这时他才看了哈班斯一眼。“奈莉！娜丽莉！拿点甜饮过来。”

“是你女儿吗？”哈班斯问，好像他不知道娜丽莉（也就是小奈莉）的事似的，好像整个埃尔维拉不知道吉德伦金想把奈莉嫁给哈班斯的儿子似的，他今天下午来就是要跟吉德伦金商量这件事情。

“是的。”吉德伦金轻蔑地回答，“女儿。唯一的女儿。”

“我的是个儿子。”哈班斯说。

“你瞧瞧，嗯。”

“雄心勃勃的男孩。想从事医学方面的工作。就快十八岁了。”

弗姆静静地坐着，聚精会神地听他们商讨细节。他知道，通常情况下，作为女孩的父亲，吉德伦金会恳求对方，取悦对方。但选举可不是通常情况，现在是哈班斯得小心翼翼，免得冒犯了对方。

奈莉·吉德伦金走过来，将两个木制内格罗托盘放到哈班斯和弗姆身边。跟她父亲一样，她也很瘦小。她的粉红色低腰裙将她纤细的身材展露无遗。她将瓶装的彩色液体放进托盘里，然后去拿平底大玻璃杯。

吉德伦金变得有活力了一些。他指着瓶子说："选吧。红色的还是橙色的？"

"我要红色的。"弗姆欢快地说。

哈班斯不能拒绝。"橙色的。"他说，但语气里尽是沮丧。吉德伦金说："如果你想要红色的，你也可以选红色的。"

"没关系，金匠。橙色的可以。"

奈莉·吉德伦金对着弗姆飞快地做了个鬼脸。她见过他，每次在路上碰到，她都要忍受他尖酸刻薄的评论。弗姆经常"骚扰"她，朝她吹口哨。但他从来没有"突袭"过她，从没有对她表示过好感。看到他在她父亲的房子里，她有点吃惊。弗姆故意做出夸张的放松表情，好显得他一点也不在乎这种荣幸。

她把甜饮倒进平底大玻璃杯里。

哈班斯假装仔细研究椅子旁边的木制托盘。但他实际上是在看奈莉·吉德伦金。他看得很谨慎，但又足以让吉德伦金知道他在看她。

吉德伦金摇着摇椅，木鞋敲在地板上，啪啪作响。

"还有别的什么事吗？爸爸。"

吉德伦金看了看哈班斯。哈班斯摇了摇头。

"没别的事了，奈莉。"

她朝里面走去，穿过门帘走进一间很大的蓝色客厅。哈班斯看到客厅的一面墙上挂了一幅很大的镶框画，画的是乔治五世国王和圣雄甘地在举行圆桌会议。国王穿得很正式，面带笑容，甘地缠着腰布，也面带笑容。这幅画让哈班斯更放松了。他自己在西班牙港家中的客厅里也有一幅这样的画。

后来弗姆出了点意外。他打翻了内格罗托盘，红色的甜饮溅了一地。

吉德伦金看都没有看。“很容易擦掉。地板是瓷砖的。”

奈莉走出来，朝弗姆坏笑了一下，然后把弄脏的地板擦干净。

吉德伦金站起来。就算穿着木鞋，他看起来也还不到五英尺高。他走到游廊一角，木鞋在地板上噼啪作响。他拿了个高高的、涂了铬层的柱形物放在弗姆的椅子边上。

“把这个踢倒。”他说。他看起来面红耳赤，像是要冒汗了。

哈班斯“嚯”了一声。

“来吧，巴克什的儿子，把这个踢倒。”

“金匠！”哈班斯大喊。

弗姆站起来。

“弗姆！你要干什么？”

“别，哈班斯先生。让他踢。”

弗姆踢了下那个柱形物。

那个东西晃了晃，然后又恢复了直立的状态。

“你踢不倒它。”吉德伦金将那个烟灰缸和它厚重的底座放回角落，又回到他的摇椅里。“现在他们做了些有意思的新式玩意，嗯？我在西班牙港的妹夫给我的。”吉德伦金看着哈班斯。“是位律师。”

弗姆带着困惑坐下来。

“你女儿看上去很聪明啊，金匠。”哈班斯说。

“嘿！”吉德伦金还是摇个不停。“听过她说话的人都不相信她只有十六岁。在弗朗西斯老师那里学打字和速记。她会记下药方，以及打出药方。你的医生儿子……”

“哦，他现在还不是医生。”

“你应该把他带来。我喜欢有志向的孩子。”

“他今天在学习。获奖学金的学生。你一定要来见见他。他想见你。”

“我也想见他。”

就这么定了。

吉德伦金没有提出新的要求，哈班斯松了口气，他抿了一口橙色的饮料。

吉德伦金摇了摇摇椅。“你不用担心选举的事。一旦我支持你——他用右手做了个解散的小手势——你就赢了。”

“这个男孩的父亲也说支持我。”

吉德伦金吸吮了一下金牙，表示对巴克什不屑一顾。“嘿！他能做什么？”

弗姆马上表示对父亲的忠心。“他控制了一千张选票。”

哈班斯立马劝和。“当下，每个人都应该团结起来。我是印度教徒。你，金匠，也是印度教徒。巴克什是穆斯林。有关系吗？”

吉德伦金没有说话，只是摇摇椅。

“我们应该组建一个委员会。”弗姆说。

吉德伦金的笑容绽开了些。

“组织竞选的委员会。各种会议、游说，还有海报。”

哈班斯想对弗姆的话一笑而过。“如今事情变得越来越时髦了，金匠。”

“我不认为委员会能比我带来更多的选票。我要是让埃尔维拉人给某个人投票，我倒想看看谁跟我说不。”

吉德伦金最后那句话里冷冰冰的威胁语气吓了哈班斯一跳。他没想到，这么一个矮小的人竟会说出那种话。

“那个叛徒洛克胡怎么办？”他问。

但他没有得到回答，因为，就在这时，镀锌铁皮屋顶上的一声巨响让他们都吓了一跳。内格罗托盘抖个不停。有打碎玻璃的声音。

里面传来女人的声音，疲倦而又镇静。是吉德伦金夫人在说话。“又是面包果。这次打烂了一块窗玻璃。”

吉德伦金跳起来，他的木鞋发出最响亮的噼啪声。“是那个狗娘养的拉姆劳干！”他跑到游廊边上，踮起脚尖，身体俯向围栏。哈班斯和弗姆跟他一起往外看。

拉姆劳干正在漫不经心地剔牙。“哈。哈。”

“拉姆劳干！”吉德伦金大喊，他的嗓音细长尖厉，传出很远。“我总有一天会打烂你的屁股。”

“哈。你会打烂我的屁股？你连跟我吵架的理由都没有，你还要打烂我的屁股？”

“是的，我会那么做。我，吉德伦金，会那么做，所以，神啊，帮帮我！”他突然转向弗姆和哈班斯，脸上挂着僵掉的笑容，朝他们大喊，“哦，天啦！别让那人惹我！别让他惹我！”

拉姆劳干从店铺门口走到院子边上。“下来。”他阴阳怪气地邀请道，“下来打烂我的屁股。下来打啊。下来砍了面包树或鳄梨树。那时我们就会知道谁厉害。”

“别跟他计较，爸爸。”奈莉·吉德伦金在屋里说，“你不知道那人只是想让你自降身份吗？”

吉德伦金没有理会他女儿的话。“你是个斗士吗？”他反问拉姆劳干。“你？你去过西班牙港吗？去西班牙港，要人告诉你圣文森特街在哪里，沿着圣文森特街走，在最高法院停下，向他们打听吉德伦金。他们就会告诉你谁是斗士。最高法院知道你是斗士吗？”

拉姆劳干犹豫了。吉德伦金是个棍斗老手。他够不了很远，但他身手敏捷，可以弥补那一缺陷。他因为用棍子打架常常被警察抓走，麻烦不断。

拉姆劳干无话可说。他将双手放到铁丝篱笆上。

“把你又胖又脏的手从我的篱笆上拿开。”吉德伦金呵斥道，“像你这么脏兮兮的胖店主还想把手放到我的篱笆上？”

“好吧，好吧。等有一天我竖起了自己的篱笆，你可别碰它，我警告你。”

“等你有了再说吧，现在把你又胖又脏的手从我的篱笆上拿开。”

就在那时，拉姆劳干突然哭起来。他哭得很伤心，肚子一晃一晃的，眼泪直流。“你现在连你的篱笆都不让我碰。”他用长满汗毛的粗大手背擦了擦眼睛，“但你没必要这么侮辱我。好吧，你不需要我。没人需要我。候选人不需要我。你们三个待在上面密谋着怎么对付我。你现在不让我把手放在你的篱笆上。我没有控制选票，所以没人需要我。就是因为我没有控制选票。”他停下来喘了口气，然后来了精神，他说，“吉德伦金，下次如果你老婆的哪只鸡跑到我院子里来，不用费力去找了。因为我晚上会吃了它。”他又变得伤感起来，“我没有控制选票。没人需要我。但大家的鸡都能进我的院子，好像我的院子是公用的。”

他边哭诉边退回到他的店里。

吉德伦金回到摇椅里。“去他妈的屁股。”他说得咬牙切齿，“自从他到埃尔维拉来，已经三年了，他只会让我生气。”但吉德伦金还像先前那样镇静。他的脸红彤彤的。但就像他的笑容一样，他脸上的红晕也是天生的。

天黑了下来。

“你得在拉姆劳干的店里开个朗姆酒户头。”吉德伦金说。从他镇静的表情可以看出，吵架并没有影响到他。

弗姆点头表示赞同。“埃尔维拉唯一的酒铺，哈班斯先生。”

哈班斯低头看着他的双手。“我得为每个人买朗姆酒吗？”

“不是每个人。”吉德伦金说。

哈班斯换了个话题。“那个叛徒洛克胡怎么办？”

“洛克胡不是没有脑子，”吉德伦金说，“但我不担心他。即便洛克胡为传教士赢得了一千张印度教徒的选票，你还有三千张印度教徒的选票。现在，三千张印度教徒的选票再加一千张——西班牙人的选票包在我身上——你就有四千张选票了。”

“不要忘了还有一千张穆斯林的选票。”弗姆瓮声瓮气地说。

吉德伦金极不情愿地承认那些选票。“有五千张选票。你不可能输。”

“这么说只有五千张了，嗯？”哈班斯对弗姆说，“在车里，你跟我说有六千张。我想你明天会跟我说四千张，后天会跟我说三千张。”

“哈班斯先生！”吉德伦金喊道，“哈班斯先生，你不能那么说！”

“没人能骗我。我知道会这样。我有征兆。”

“八千张里有五千张，”吉德伦金说，“你不可能输。你比对手多了两千张选票呢。记住，我，吉德伦金，是支持你的。”

“这个洛克胡真是个他妈的叛徒！”哈班斯最后大喊。他后来镇静下来了，看了看弗姆和吉德伦金，笑了笑，开始低声说：“对不起，金匠。对不起，弗姆。我刚才只是有点灰心，没别的。”

“竞选狂热症。”弗姆说，“我知道是怎么回事。”

他们还安排了其他事情。吉德伦金接受了成立委员会的要求，他们还决定了委员会的成员。看到吉德伦金对弗姆没那么冷淡了，哈班斯感到高兴。最后，他告诉吉德伦金弗姆是竞选干事的消息。吉德伦金也欣然接受。他不觊觎那个位置，因为那是个付酬劳的职位。他为哈班斯做的一切，只是出于他的好心。

在他们离开前，吉德伦金说：“我会去西班牙港看你的医生儿子。我喜欢有志向的孩子。”

“他也想见你，金匠。”

弗姆和哈班斯上了道奇车。

拉姆劳干昏暗的店铺里点着一盏小油灯，那个男人正在柜台边用一个搪瓷盘吃晚餐。

“朝他挥手。”弗姆说。

拉姆劳干也挥了挥手。“对，老板！”他莫名地高兴。

“一个有意思的人。”哈班斯说完便开走了。

“他总是假装勇敢，但你不知道他什么时候就会哭起来。”弗姆说，“他真的很孤独。老婆死得早。女儿们也不来看他。”

回去时，一路上没有挥手和欢呼。年轻人坐在涵洞上，还在外面游荡的半裸的小孩被道奇车的前灯照得睁不开眼。哈班斯开过去后他们才认出他来。哈班斯小心翼翼地开车。周五晚上，主干道上人很多。拉姆劳干的酒铺里很快就会有人去喝酒，又一个周五晚上的狂欢，库费先生的布道已经开始了。

弗姆指着库费先生的房子给哈班斯看。摇摇晃晃的小游廊上一盏煤气灯照亮了库费先生，一个上了年纪的黑人，穿一件紧身的蓝色上衣，手指在使劲敲打一本《圣经》。煤气灯也照亮了下面院子里库费先生的会众，一群虔诚的黑人，很多都是女人。道奇车的隆隆声淹没了库费先生的布道声，但他的动作热情洋溢。

“考费先生[①]是传教士的得力助手。”弗姆说，“那些黑人没有一个会选你，哈班斯先生。”

“叛徒！埃尔维拉到处都是叛徒。”

库费先生和他的会众被抛在了后面。

哈班斯想到那两个白种女人，想到那条黑母狗，想到宣传车，想到每个月七十五美金，想到拉姆劳干店里的朗姆酒户头，想到洛克胡的背叛，他看到处处是失败和羞辱。

弗姆突然大喊：“瞧！哈班斯先生，传教士。”

---

①弗姆发音不标准，把库费先生念成了考费先生。

哈班斯看到了。一个高大的黑人，高耸的卷发，长长的卷胡须，长长的白袍子，头上戴的照明灯在他身上形成一圈光晕。他在路边轻快地走着，用手杖敲路，袍子的褶边在穿了便鞋的脚上飞舞。他们看到他离开马路，穿过院子，看到他敲别人的门。当他们开车过去时，他们看到门为他打开了。

"他就是那么做的。"弗姆说，"轻快地从一家走到另一家，敲门，进去，出来，然后又轻快地走掉。"

"进去之后，他会跟人家聊什么呢？"

"没人知道，哈班斯先生。没人说。"

他们在巴克什家停下来，弗姆下了车。

"我们在下周的某个时候开委员会会议，哈班斯先生。会让你受到鼓舞的。"

但弗姆的手还放在车门上。

"哦，差点忘了。"哈班斯把手伸进后面的口袋里。"这是……不多，但是个开始。"

"是个鼓励。"弗姆说着接过纸币。

哈班斯开出埃尔维拉，经过废弃的可可屋，经过科多巴，开上埃尔维拉山，开下埃尔维拉山。在山脚下时，他的前灯照到那两个骑车的白种女人。

"没什么。"哈班斯自言自语，"我一定不能灰心。根本就没什么。"

如果他知道就好了，他的麻烦还没有开始。

三　凶兆

虽然弗姆在车里对哈班斯说他以后想进郡议会，但他以前根本就没有想过要从政。然而，当洛克胡突然为传教士竞选，弗姆也宣布他打算为哈班斯竞选。巴克什夫人反对，但巴克什说："这对男孩子来说是一次很好的经历。"巴克什已经同意，如果哈班斯给他两千美金，他就支持他。但弗姆想跟洛克胡一样，做些宣传方面的工作。巴克什本人有段时间一直在拉姆劳干的酒铺里说，做宣传员很挣钱。因此，那天下午当哈班斯过来时，巴克什对两千美金的事只字未提，而是要一辆装有喇叭的大篷车，并且要弗姆当竞选干事。

自埃尔维拉公立学校的新校长弗朗西斯老师成立埃尔维拉社会与辩论俱乐部以来，弗姆和洛克胡就成了死对头。弗朗西斯老师是个年轻的黑人，皮肤发红，经常穿城里人穿的那种花哨衣服，在埃尔维拉煞是耀眼：鲨鱼皮阻特装[①]，敞开的衣领下打了一根鲜

①一种非主流的另类男士服装，20世纪40年代流行于美国非洲裔年轻人中间。这种服装的特点是上衣宽而长，裤子肥大而裤口狭窄，整套衣服颜色鲜艳。

亮的领带，双色鞋子。作为一名校长，他很年轻，但在埃尔维拉，做校长就意味着被特立尼达教育部咒骂。（在西班牙港的学校里，弗朗西斯老师因为鼓吹他的无知论而被这样骂过。他曾经在黑板上画了个不成形的图案，然后问学生们："告诉我，嗯。你们经常听说的灵魂，是不是这样的？或是怎样的？"有一个男孩感到很气愤。男孩的父亲向教育署署长投诉。然后弗朗西斯老师就被发配到了埃尔维拉。）他组建了埃尔维拉社会与辩论俱乐部，旨在鼓励大家独立思考。这想法很新颖，反响很大。洛克胡很快就成了俱乐部新秀。那些在俱乐部里念的诗歌和故事，大部分是洛克胡写的。洛克胡的一首诗甚至被印在《特立尼达哨兵报》的头版，头版的底部为诗歌和《圣经》的引文预留了位置，用特别的字体打上去：

> 埃尔维拉，觉醒！看，黎明！
> 为你照亮，为我照亮……

在所有的讨论中，无论是政治的还是宗教的——弗朗西斯老师仍然对宗教充满热情——洛克胡总喜欢出风头，而不让弗姆或其他人表现自己。弗朗西斯老师总是支持洛克胡。他们共同努力，将俱乐部变成一个他们可以在听众面前炫耀的地方。他们开玩笑，说双关语，那些玩笑和双关语几乎在每个人的脑海里回荡。一天，弗朗西斯老师说："洛克胡，像你我这样的人，太少了。"只有洛克胡一个人哈哈大笑。紧接着开会时，洛克胡评论一部电影："这部电影的要点有两个，而且间隔很远：开始和结尾。"后来人们不再去俱乐部，那些去的人也只是去喝东西——在埃尔维拉，总有两三个人跟朗姆酒铺的主人拉姆劳干争吵——俱乐部便解散了。

弗朗西斯老师和洛克胡关系密切。弗朗西斯老师觉得洛克胡理解他。他说洛克胡天生是个作家。他总替洛克胡往《哨兵报》、《卫报》和《公报》投稿。到目前为止没有任何结果。

当洛克胡得到那份在装有喇叭的大篷车上为电影做宣传的工作时，弗姆确实大受打击。是弗姆先听说那份工作的。弗姆从消息灵通的印刷商哈理查德那里得到消息，申请了那份工作，差不多要得到那份工作了，这时洛克胡在弗朗西斯老师的支持下掺和进来。洛克胡指出，弗姆太年轻，没有驾驶执照（确实是那样），还说弗姆的英语不好（事实也是如此）。洛克胡指出，他，洛克胡，有驾照（确实是那样），而且他的英语无可指责（这是保守的说法）。洛克胡获得了那份工作，还说那是自降身份。但当他开着那辆装有喇叭的大篷车在特立尼达中心转悠，心满意足地说着无可指责的英语时，弗姆只能待在埃尔维拉，在他父亲的店里做学徒。弗姆恨那间阴暗潮湿的店铺，恨没完没了缝衣服的活儿，他只被允许干那样的事情，他恨埃尔维拉，有时甚至恨他的家人。

弗姆从来没有原谅过洛克胡。洛克胡口中那份自降身份的工作理应是他的。为了得到那份工作，他当时宁愿不惜一切代价。现在，选举给了他又一次机会。让他得到了属于自己的喇叭，让他走出了裁缝店。他工作不仅是为了帮哈班斯赢得选举，打败传教士，更多是为了羞辱洛克胡和弗朗西斯老师。

委员会的成员还没有碰头，弗姆就开始工作了。他从吉德伦金家拿来一罐红油漆，在埃尔维拉的涵洞上、电线杆上和树干上涂上热情洋溢的标语：不选哈班斯就死！

巴克什夫人压根儿就不赞同参与选举的事。“没人听我的。”她说，“大家都洗脚跳进这场民主的买卖中。但我敢保证，甜的东西起初都是甜的，最后将变得异常酸。”

喇叭和大篷车出现时她的态度有所缓和，但还是明确说她不赞同。埃尔维拉所有人都知道了大篷车的事情——巴克什城府深的又一个例证——巴克什夫人被她的财富，那么大的一个东西吓了一跳。她觉得这是冒险，是在邀请邪恶之眼。

其他人都不那么看。当弗姆和巴克什在考虑把车停哪里时，巴克什家的其他孩子都围在车旁。为了把车停进院子里，他们不得不推倒几根腐朽的木栅栏，在排水沟上搭一座桥。有些穷人和他们的孩子跑过来看。巴克什和弗姆不再说话，皱着眉头思考，还一边吐口水，好像车子是个大麻烦似的。虽然严格说来那时还没有必要，但他们把喇叭装到车上。他们在车篷上铺了一个麻袋，把喇叭放在上面，然后用四根绳子把它固定在保险杠上。

在装喇叭的整个过程中，巴克什只说了一句话。“得给这该死的喇叭找个合适的架子。”他恨恨地说。

那天晚饭过后，弗姆和他十二岁大的兄弟拉菲克开车到三英里远的科多巴去涂些新标语。在他涂“不选哈班斯就死”时，西班牙人冷冷地看着。

第二天晚上，他又去完成他的工作。

他标语前面的字被刷上了白石灰，科多巴到处只剩下滴血的红字：死！死！死！

“是洛克胡干的好事。”弗姆说。

这时，拉菲克指着一面墙。标语前面的几个字只有部分被遮住。被刷子刷了三下，每一刷之间都有空隙，标语只剩下几个字母，这几个字母成了征兆：……死……十……个！

“死十个。”拉菲克说。

“快点，”弗姆说，“这样的事情就把你吓住了？你现在是个男人了，拉菲克。不管你做了什么，”弗姆补充道，“别告诉妈妈，听到没有？”

但拉菲克最先干的就是把这件事情告诉了妈妈。

“死十个！”巴克什夫人用手拍了拍她的大胸部，坐在一条长凳上，手里还拿着她搞卫生用的破抹布。

巴克什从一个大搪瓷杯里喝了一大口茶。“没什么，亲爱的。有人在开玩笑，根本就没事。”

“哦，天啦！巴克什，这甜蜜的选举！”

巴克什家的孩子们来到厨房。

“没什么的，”巴克什说，“那上面说的是死十个。我们家只有九个人。七个孩子，还有你和我。只是个意外，亲爱的。”

“不是意外。”拉菲克说。

“哦，天啦！巴克什，你看，甜的是怎么变酸的！”

“只是洛克胡那个叛徒干的好事，”弗姆说，“让他等着，等他给传教士弄标语的时候……”

“怎么可能有事呢？”巴克什笑着说，“它说的是死十个，我们这里只有九个人。”

巴克什夫人冷静了一些。她好像想到了什么，低头看了看自己的肚子，带着哭腔说：“哦，天啦！巴克什，我们怎么知道只有九个？”

弗姆虽然不担心“死十个”的征兆，以及巴克什夫人害怕的事情，却不再出去涂标语。他改为把心思放在竞选委员会的第一次会议上。

他决定不在吉德伦金家开会。那个地方让他太不舒服了，他还记得当他把甜饮倒在地上时奈莉·吉德伦金对他不怀好意的笑容。他自己的家，伦敦裁缝铺，是绝对不行的：巴克什夫人甚至连“竞选”一词都不想听到。因此，他决定把开会的地点放在达尼拉姆的老木房子里。达尼拉姆是个梵学家，也是委员会成员。至少，达尼拉姆的家庭不复杂。达尼拉姆的老婆瘫痪二十多年了。他们家还有一位成员，是被他儿子抛弃了的温顺的年轻媳妇。他儿子结婚才两个月就走了。有一段时间了，没人知道他儿子在哪儿，但达尼拉姆总说他儿子在英国，在学东西。

在开会的那天晚上，弗姆和巴克什不顾巴克什夫人的反对，开了那辆宣传车过去。

弗姆在路上能看清游廊上有两个男人。一个是达尼拉姆，他块头很大，穿一身印度僧侣服，正在油灯旁边平躺着读报纸。另一个男人弯腰坐在一条长凳上，那是马哈德奥。

达尼拉姆和马哈德奥都不是什么重要人物。把他们放到竞选委员会里只是为了让他们别捣乱。达尼拉姆是埃尔维拉最有名的梵学家，但他喜欢到处嚼舌头，喜欢跟人辩论宗教上的事情，他被看成是一个小丑。马哈德奥是个十足的大傻瓜，埃尔维拉所有人都知道。但马哈德奥可能会有用。他在遗留下来的埃尔维拉庄园做小工头，是个“掌控者”（不是掌控车子或奴隶，而是掌控自由劳动者）。作为掌控者，他总能对他的工人施加压力。

当弗姆和巴克什走进游廊，达尼拉姆跳起来，整个房子都动了。房子摇摇晃晃的，游廊晃得更厉害。达尼拉姆把游廊的一边加宽，这样游廊伸出去就像块平地。没有经过处理以及刨光的雪松板缩水后，地板上到处都是缝隙。

“哈，”达尼拉姆边搓手边说，“竞选干事。来讨论竞选的事情，嗯？”

所有有关选举的事情都让达尼拉姆激动。像“竞选”、“候选人”、“委员会”、“选民”、“立法委员会”这样的词，尤其让他激动不已。他长得牛高马大，挺着个大肚子，那肚子好像是多余的，几乎可以和身子分开。

马哈德奥没有站起来，也没有说话。他萎靡不振地坐在长凳上，矮矮的个头，胖胖的身材，衣服有点紧，一双大而无神的眼睛一直盯着地面。

屋里传来一阵咳嗽声，是女人的声音，听起来显得无力和不满。她用印地语问：“谁啊？”

达尼拉姆领着弗姆和巴克什走到小客厅，让他们朝门里面那间昏暗的卧室看。他们看到一个女人躺在一张有四根帐杆的卧床上。

是达尼拉姆的老婆。她正向左侧身躺着，看不到她的脸。

“竞选委员会。”达尼拉姆对着那间房说。

“哦。”她没有转身。

达尼拉姆领着弗姆和巴克什走回游廊，让他们坐在马哈德奥对面的长凳上。

达尼拉姆坐在马哈德奥旁边，开始晃动双腿，直到游廊都摇晃起来。“这么说，金匠已经谈好了，嗯？一切都谈好了？”

弗姆不懂他在说什么。

“我的意思是，吉德伦金见过那个男孩了？哈班斯的儿子。”

“哦，是的，已经谈好了。”巴克什说，“吉德伦金前天去了西班牙港。”

达尼拉姆点了一支烟，以婆罗门的方式将烟从握紧的手里吸上来。“吉德伦金真的相信哈班斯会让他的儿子娶奈莉？”

巴克什趁机问。“你听说了什么吗？”

达尼拉姆耸了耸肩。“我们需要光。新娘，拿皮特马克斯煤气灯来。”达尼拉姆喊道。

巴克什注意到，虽然他的儿媳妇被抛弃很久了，达尼拉姆还是叫她“新娘”。

“哈里最近怎么样？”巴克什问，“他写信回来了吗？”

哈里是达尼拉姆的儿子。

“在英国，伙计。”达尼拉姆回答，“在学习。不能一边学习一边写信。”

新娘拿来皮特马克斯煤气灯。她看起来是个不错的印度姑娘。她有一张小巧温和的脸，宽宽的嘴巴，大概十八岁，光着脚，面纱遮到前额处，很得体的样子。她把皮特马克斯煤气灯挂在天花板的吊钩上，然后回到厨房。厨房就搭在大游廊的一个角落，冒着烟。

“她最近怎么样？还哭吗？”巴克什问。

达尼拉姆对这个话题不感兴趣。“她现在熬过来了。这么说吉德伦金真的相信哈班斯的儿子会娶奈莉？”

马哈德奥坐在那里一言不发，他的头朝前倾，圆鼓鼓的眼睛盯着没系带子的黑靴子。弗姆对他们的谈话不感兴趣。借着汽化灯的光，他研究起达尼拉姆家游廊的墙壁来。墙上有很多印度色彩的画作，但墙上最大的东西是一大幅埃索日历，梵学家达尼拉姆的宗教活动安排用铅笔写在日期上方。看来达尼拉姆的活动减少了。不过没关系。弗姆知道，达尼拉姆还拥有拖拉机五分之一的股份。巴克什说，那每月至少有两百美金的收入。

哈班斯走进来，显得有点烦躁不安，低头看着地面。弗姆马上意识到“出事了”。

达尼拉姆站起来。马哈德奥也站起来，这才开始说话：“晚上好，哈班斯先生。”

达尼拉姆将哈班斯领到客厅，弗姆听到哈班斯说：“哦，哦，夫人，你好吗？我们过来只是谈谈选举的无聊事。”

他出来时看起来垂头丧气的，坐在地板上的垫子上。

达尼拉姆喊道：“新娘，候选人来了。我们想要点喝的。哈班斯先生，你想喝点什么？巧克力、咖啡，还是绿茶？”

“绿茶。”哈班斯心烦意乱地说。

“哈班斯先生，怎么啦？”弗姆问。

哈班斯的手指交叉握在一起。“我想不通，弗姆。想不通。我是个老人。为什么下面的每一个人都反对我？”

达尼拉姆很兴奋。他笑出声来，意识到不合适，然后又尽力显得严肃一些。但他的眼里还闪着光。

“我开车经过科多巴，”哈班斯低头对着他的双手说话，他的声音很小，还有点沙哑，“那些西班牙人一看到我的车就转过背去。他们把窗户关起来。我以前以为他们会选我的。我想不通，弗姆。我对西班牙人没做过什么。”

“是那个叛徒洛克胡搞的鬼。”巴克什说。

后来吉德伦金来了。他穿着走亲访友时穿的套装，手里拿了本绿色封面的书。他好像对这座房子很熟悉，因为他没等达尼拉姆介绍就径直走向里面病人的房间。走上台阶时，他大声说：“夫人，你最近怎么样？是我，吉德伦金，金匠。”

当吉德伦金出来回到游廊时，看得出他也有不好的消息。跟脸上的红晕一样，他的笑像是固定在脸上。但他眯缝的双眼里透出愤怒和遗憾的神情。

“达尼拉姆，”吉德伦金一坐下来摘下他的大灰毡帽就说，“我们要再算一下”。

达尼拉姆对吉德伦金的话深信不疑。“新娘！”他大喊，“拿纸和铅笔来。要再算一下。委员会在等着。候选人和委员会在等着。”

哈班斯看着吉德伦金。“我对西班牙人做过什么？为什么他们都不理我？”

吉德伦金一字一顿地说：“发生了一些事情，哈班斯先生。这件事情没那么简单……”

“我并不感到奇怪，金匠。”哈班斯打断他，“宣传车。竞选干事。朗姆酒户头。洛克胡。人们不理我。我对这些一点也不感到奇怪。”

新娘拿来些褐色的包装纸。“我没找到铅笔。我到处都找了。”

达尼拉姆忘了选举的事。“但这简直是疯了，新娘。那支铅笔我用了六个月了。”

“只不过是支铅笔。”新娘说。

“是你这么认为。”达尼拉姆说，他眼中的笑容没有了。“不只是铅笔。是原则问题。自从你来了，我们就开始丢东西。”

“最先丢的是你儿子。”巴克什说。

达尼拉姆看了看巴克什，眼里又有了笑容。他对准地板的缝隙吐了口口水。

“这是你们在找的铅笔吗？”弗姆说。他从地板上捡起一支那种政府办公室用的保迹铅笔。铅笔顶端的凹槽处系了根长绳。

达尼拉姆搓了搓手。“啊，是的。你们进来前，我正在做填字游戏。”

新娘扭头走回厨房。

哈班斯在沉思。

突然，他说：“吉德伦金，我以为你控制了西班牙人的选票。”

大家都注意到，哈班斯直呼吉德伦金的大名，而不是叫他“金匠”。那简直是一种侮辱。

不过吉德伦金好像没有感觉到。他不停地摆弄他带来的那本书，一言不发。

没有得到回答,哈班斯转而对着自己的双手喃喃自语:“一九四六年大选时，我知道的候选人没有一个花了这么多钱。我非得买宣传车，非得在拉姆劳干的酒铺里开朗姆酒户头不可吗？”

巴克什看上去生气了。“我知道你说的是我，老板。你提到宣传车的那一刻，我就知道你说的是我。你说的一九四六年的情况属实。那时没人花很多钱。但那是第一次选举。人们只是去选了他们喜欢的人。现在不一样。人们学乖了。你得在他们身上花钱。”

“是的，你得在他们身上花钱。”达尼拉姆说。他的腿晃个没完，眼珠滴溜溜转个不停。有关选举的大词汇，他都很感兴趣。“否则，其他人会在他们身上花钱。”

庄园工头马哈德奥抬起右手，一双大眼睛转过去看着哈班斯。他那一小撮厚厚的胡须和胖胖的小嘴不停地颤动。“你的钱白花了，哈班斯先生。”他轻声说，“我们已经赢了。”

哈班斯大声说：“就是这种屁话会让选举失败。（哦，天啦，你看，竞选让我满口脏话。）但你，马哈德奥，你四处转悠，张开你的大嘴到处说哈班斯已经赢了。你以为那样会得到人们的选票？”

“确实。”达尼拉姆说，“人们会说：‘如果他赢了，他就不需要我的选票了。’”

“弗姆，”哈班斯问，“你今天会给我多少张选票？第一次见你时你说六千张。然后是五千张。今天是不是四千张？”

弗姆没有机会回答，因为吉德伦金接过话大声说：“是的，哈班斯先生，是四千张。”

哈班斯没有理会。“瞧我一大把年纪卷进这种事情。为什么我不离开，到别处去安安静静地坐着，死去，到埃尔维拉外的某个地方？弗姆，拿纸和铅笔来，记下这个。纳帕罗尼有八千张选票。四千印度教徒，两千黑人，一千西班牙人，还有一千穆斯林。黑人的选票我得不到，还有一千张印度教徒的选票也得不到。那就还剩五千张。但现在，金匠，你说只有四千张。告诉我，求你了，今天说的为什么比上周五说的少了一千张？”

“问题出在科多巴。”吉德伦金沮丧地说，“你自己也看到西班牙人是怎么对你的了。看看这本书。”

他把他一直在翻看的那本绿皮书递给他。

马哈德奥皱了一下眉头，慢慢地念出标题：“上——帝——是——真——实——的。”

作为一名梵学家，达尼拉姆自认为是研究上帝的专家。他疑惑不解地看着那本书，“嗯”了一声。

“西班牙人现在整天都在谈论这个。”吉德伦金指着那本书说，“我一踏上科多巴就感觉不对劲。我看到到处都是红色的标记，上面写着‘死！死！’。”

“那是洛克胡搞的鬼。”弗姆说。

吉德伦金摇了摇头。“我不知道你们有没有人看到两个骑着红色大自行车的白种女人。我跟你们说，破坏是她们搞的！”

“那些耶和华见证人！”哈班斯惊呼，“我知道。我有预兆。我那天应该把她们碾死的。”

没人知道他在说什么。

“她们在为谁拉选票？”巴克什问，“为传教士吗？”

"为耶和华。"吉德伦金说，"她们不能影响印度教徒、穆斯林和黑人，但她们在西班牙人中捣乱。我每到科多巴的一个地方，西班牙人就跟我说，世界将在一九七六年毁灭。我问他们怎么知道这么确切的日期，他们说《圣经》上是这么说的。"

达尼拉姆拍了一下大腿，说了声"哈米吉多顿[1]"，梵学家达尼拉姆曾经在加拿大教区的长老会学校接受过教育，在那里学了圣歌以及其他基督教的东西。他很珍惜那次学习机会。"它能让我看到两面。"他常说。即便现在，虽然他是印度教的牧师，他却经常情不自禁地哼些赞美诗的小曲，比如"耶稣爱我，是的，我知道"。他拍了一下大腿，惊呼"哈米吉多顿"。

"差不多。"吉德伦金说，"这些白种女人跟西班牙人说，他们一定不要参与政治，西班牙人把这些女人说的话当成真理。"吉德伦金听起来有些受伤。"我跟你们说，这事对我来说是个很大很大的打击，尤其是，我认识西班牙人很长一段时间了。你们瞧，我去见老伊达格罗，你们知道的，特里萨的父亲。那人是我很好很好的朋友。多年来，他吃我的食物，喝我的威士忌，借我的钱。现在，他跟我说他不选了。于是我问他：'伊达格罗，你为什么不选呢？'他回答我说：'政治不是神圣的东西。'然后他问我：'你知道是谁发起政治的吗？'你们能够想象得出我是多么吃惊。'某人发起了政治？'我说。他嘲弄地笑了笑，好像他比任何人知道的都多，然后说：'你看，你不知道这些小知识吧。因为你学得不够。'他，伊达格罗，竟然那样跟我吉德伦金说话！'回家去吧，'他说，'回去读

---

① 《圣经》中世界末日善恶决战的战场。

《圣经》，你就会读到发起政治的人是宁录[1]。’”

“谁是宁录？”巴克什问。

梵学家达尼拉姆又拍了一下大腿。“宁录是个伟大的猎人。”

他们都在思考这个。

哈班斯有点心不在焉，闷闷不乐。

巴克什说：“你们听到没有，那些女人想要的只是男人。在他们找到好男人的那一刻，所有这些有关勇猛打猎的讨论都会随风而去。”

达尼拉姆按了一下吉德伦金：“你没跟他们说恺撒？让恺撒的归恺撒。诸如此类。”

吉德伦金举起他枯瘦的手。“我不搅和那些有关基督教的疯狂事。我离开时，他，伊达格罗，叫我回去。我，吉德伦金。他给了我这本绿皮书。上帝是真实的。嘿！”

马哈德奥摇了摇头，同情地啧啧了几声。“老伊达格罗确实尿到你头上了，金匠。”

“不仅是尿，”吉德伦金说，“他还摇。”

坦白了丑事后，吉德伦金又恢复了先前的尊严。

“即便西班牙人不投票，”弗姆说，“我们还有四千张选票。印度教徒三千张，穆斯林一千张。传教士只有三千张。两千黑人，一千印度教徒。我不知道我们怎么会输。”

---

① 《旧约》中一个英勇的猎人，史那之王，是含的孙子，诺亚之曾孙。

“我觉得不会有一千个印度教徒投票选传教士。洛克胡没有控制那么多选票。”达尼拉姆说。

“别傻了。”弗姆赶紧插话，“传教士在这里帮了很多印度教徒。如果印度教徒看到像洛克胡那样的印度教徒支持传教士，恩，他们中的很多人就会去选传教士。洛克胡四处跟人说，他们现在不能考虑种族和宗教。他说，如果印度教徒选像传教士那样的黑人，没什么不对的。”

“这个洛克胡想要屁股开花。”巴克什说。

吉德伦金表示赞同。“选举的时候说那种话是危险的。洛克胡不知道他自己说的是什么。”

哈班斯将手指交叉然后又松开。“我只要做什么，什么就不是好事，就不容易。其他人都过得容易。我不知道我犯了什么罪，生活总是这么难。”

游廊上的人都没有说话。他们看着哈班斯，等着他哭诉。只有汽化灯在飞蛾撞上去时发出嘶嘶和嗡嗡的声音。

后来新娘端着茶小心翼翼地走出来。茶用鲜艳漂亮的茶杯盛着，杯口很阔，茶不时溢出来。

达尼拉姆说：“茶，哈班斯先生。喝茶。你会感觉好点。”

“不想喝。”

达尼拉姆轻声笑了笑。

两三滴眼泪从哈班斯瘦削的老脸上滚下来。他拿起杯子，对着杯口吹了吹，然后端到嘴边。但他还没喝就崩溃了，哭着说：“我没有朋友，没有帮我的人，什么也没有。大家只想要钱。”

马哈德奥有点受伤。“你什么也没给我，哈班斯先生。”他没有想到问他要。

已经被承诺过的达尼拉姆——拖拉机的合同——大口吸烟。“你不是送东西给我们个人，哈班斯先生。你一定要觉得你是在给大家。毕竟，这就是民主的意思。”

“确实。”巴克什说，“我们想让你进立法委员会是为了大家。你应该想着大家，老板。就像你前几天跟我说的，钱不是一切。”

“是的。”哈班斯以长笛般的音调说。“是的。”他笑了笑，擦干眼睛。“你们都很忠诚。我刚才没有控制住自己。”

他们慢慢地饮茶。

为了打破沉默的气氛，达尼拉姆开始责备起他儿媳妇来。“新娘，你泡茶泡了好长时间。”

她说：“我要生火，要烧水，要泡茶，还要凉茶。”

她的茶凉得太好了，差点就冷了。达尼拉姆喜欢喝那样的，但委员会的其他成员不喜欢喝冷茶。只有响亮地抿了一小口的哈班斯好像不在乎。

达尼拉姆的老婆在她房间里恼怒地喊着。新娘吸了一口气，然后走过去。

弗姆说：“如果洛克胡能让印度教徒把票投给传教士，我不明白为什么我们不能让黑人把票投给我们。”

他们边喝茶边思考。

达尼拉姆猛地抽了口烟，然后拍了一下缠了腰布的大腿。“啊！

有了！”

大家吃惊地看着他。

“要花点钱……”达尼拉姆不好意思地说。

哈班斯喝了一大口冷茶。

“要花点钱，但不会很多。在埃尔维拉，竞选委员会一定要是某种社会福利性质的委员会。假如一个黑人病了。我们到他们那里。我们用我们的出租车带他们去看医生。我们给他们付药费。”

吉德伦金吸了一口气，又成了弗姆眼里那个在贴了瓷砖的游廊上微笑着摇着摇椅的令人敬畏的吉德伦金。“达尼拉姆，你说得好像你不知道埃尔维拉的黑人生命力有多顽强。你以前看到过黑人生病吗？他们只要倒下就死了。但这只发生在他们八九十岁的时候。”

“好吧。他们不生病。但就连你也说他们有时会死。嗯，选举前，有两三个肯定会死。”

“你想弄死几个？”巴克什问。

“嗯，即便死一个，我们去埋。我们去举办守丧仪式。我们带着我们的咖啡和我们的饼干去。”

“你觉得那样会让黑人选你吗？”巴克什说。

“如果他们不选我们，他们会感到不好意思。”达尼拉姆说，“如果他们不选，好，下次他们找人帮忙时，最好不要到这里来。”

马哈德奥抬起右手，示意他又要发言了。“塞巴斯蒂安那个老黑鬼看起来在选举前就要死了。”

“是个好主意，”弗姆说，“我们每个人在选举前只需每天为一个黑人的孩子买瓶甜饮。每天不同的孩子，还有他们的父母。我们不能只在他们病了或是死了时才帮他们。如果他们没有事做或是什么的。如果他们要举行婚礼或是什么的。金匠在这儿。他能给那些要结婚的黑人做个小礼物。”

“弗姆，你说得好像我用自己的金子做首饰似的。我自己没有金子。人们打东西是自己带金子来的。”吉德伦金激动地说。

吉德伦金的一番话打消了弗姆自小就有的错觉。弗姆一直以为，孩子们从吉德伦金家的打金场上扫的银屑金沙是属于吉德伦金的。

哈班斯说：“弗姆，拿铅笔和纸来，把埃尔维拉的病人记下来。”

“梦戈尔已经病得不行了。”达尼拉姆说。

马哈德奥举手示意。“巴士戴和拉姆皮阿里足足有一周没出来干活了。他们肯定也病了。”

“马哈德奥，你真是个笨蛋。你以为我要弗姆记下生病的印度教徒？”哈班斯说。

“就像我刚才说的，埃尔维拉没有生病的黑人。”吉德伦金说。

“好吧。”哈班斯又恼了，“谁要结婚？”

“只有印度教徒和穆斯林人结婚。现在是结婚的季节。黑人不常结婚。他们大多只跟女人住在一起。就那么回事，你们知道的。”吉德伦金说。

哈班斯说：“你们不能带圆形的结婚戒指给那些人做结婚礼物。我们能做的是留意有没有黑人病了或是死了。马哈德奥，刚才你说的那个谁？”

“塞巴斯蒂安？”

“留意他。”

弗姆说："我觉得马哈德奥应该能对付这件事情。他能列一长串生病的或是快要死的黑人。"

"是的。"哈班斯讽刺地补充说，"马哈德奥，你确定这项工作对你来说不会太难？"

马哈德奥盯着地板看，他那双大眼睛里充满了决心。"我能应付，哈班斯先生。塞巴斯蒂安那个老黑鬼肯定会死的。"

他们喝完茶，又续了点。然后哈班斯派弗姆去取他车里带来的新海报。

海报上写着：将货车系到星星上[①]，投苏鲁吉帕特·哈班斯，选最好的，留下其他的。上面有一幅哈班斯的照片，照片下面是他的名字和星星——他的符号。

马哈德奥说："如果把一个人的照片贴到各个地方，肯定会让他感觉特别伟大。"

哈班斯不情愿地笑了笑。

"你那些海报是在哪里印的？"吉德伦金问。

"西班牙港。"

"错误之举，哈班斯先生。你应该让那个叫哈理查德的男孩印。"

"但哈理查德根本就没有印刷所。"哈班斯说。

"没关系，"吉德伦金说，"如果埃尔维拉有男孩能做海报，埃尔维拉人不喜欢看到你在西班牙港印海报。"

就在此时，哈班斯明白了。埃尔维拉没有一个人为他战斗。所有埃尔维拉人——传教士、洛克胡、巴克什、吉德伦金、达尼拉姆，

①指胸怀远大理想。

还有其他人——他们所有人都在斗他。

他差点被另一波悲观失望打倒。

虽然这样，但在内心深处，他知道他会赢。他又哭又发火，但他是想愚弄命运，而不是想冒险。然后他想起他碰到的征兆：遇到白种女人，他停了车，遇到那条黑母狗，他又停了车。第一个征兆意味着什么，他已经看到了。那些女人让他在科多巴受阻。

但是那条狗。那条狗会怎么样呢？狗会让他在哪里受阻？

四　老虎

又过了些日子。新海报张贴了起来。竞选有条不紊地进行着。巴克什夫人没发生什么可怕的事情。她变得平和了些，弗姆觉得他又能涂标语了。但现在他不涂“不选哈班斯就死”。他已经吸取了教训。那种激进的标语很容易被认为是一种威胁。他涂了些更平实的话，比如：与哈班斯共赢，我们需要哈班斯。

一天晚上，巴克什开了宣传车出去——他说他是去竞选，但巴克什夫人说他是去喝酒。那时，弗姆提着油漆罐，拿把大刷子，在埃尔维拉转悠，把以前的老标语抹掉，涂上新的口号。这一次，他没有带那个容易兴奋还不可靠的拉菲克，而是带了赫伯特。赫伯特十岁，身体还没发育好，对政治也懵懵懂懂。对征兆或者竞选口号之类的，他不是很感兴趣。弗姆涂标语时，赫伯特边吹口哨边到处闲逛。

弗姆满腔热情地工作着。连那些主人已经睡下的房子，他也涂上，一路涂到可可屋，才决定该回家了。

赫伯特犹犹豫豫地走着，弗姆发现他走路的姿势很奇怪。他弓着背，双手捂着肚子。他的肚子看起来比平时大。

“你肚子疼吗？赫伯特。”

“是的，弗姆。里面的气要把肚皮胀破了。”

“别太担心。我们小时候肚子都胀过气。很快就会过去的。”

“希望是，老兄。”

他们回到家，家里的灯还亮着。他们绕过房子走到屋后。门从里面锁着，但没有上闩。如果你按住中间，同时使劲又拉又摇的，门就会打开。弗姆放下油漆罐和刷子。

“赫伯特，我按着的时候，你使劲拉和摇。”

弗姆按着门。赫伯特一只手捂着肚子，另一只手使劲拉使劲摇。门跟往常一样开了，有个东西从赫伯特的衬衫里掉出来。黑灯瞎火的，弗姆看不清那是什么。当他推开门，里面油灯的微光透出来，他看清了。

是条小狗。

一条很小的狗，摇摇晃晃，脏兮兮的样子，饿得快死了，倒在地上像一捆松松的肋骨。它没有发出声音，想尽力站起来，却又倒下去了，没有抱怨，也不感到羞愧。

“你在哪里捡来的，赫伯特？”

“某个地方。”

“但你不能把它带到家里来。你知道他们不喜欢狗。”他们指的是巴克什夫人。

“是我的狗。”赫伯特不相干地说。

弗姆蹲在狗旁边。整个晚上一路奔波，却没有打扰到在小狗眼睛周围过夜的蛾子。小狗眼睛湿湿的，死气沉沉。小狗也一副半死的样子。弗姆敲了敲小狗的口鼻处，看到跳蚤跳出来，赶紧把手指缩了回去。

“小心，弗姆。就是这种不出声的狗会咬人。”

弗姆站起来。“你要喂它点吃的。但你怎么把它藏起来不让妈妈发现呢？”

“我会把它藏起来。我还给它取了个名字。叫老虎。”

老虎想尽力站起来。它的每一根小肋骨，每一块骨头都像是用铅做的。但这次它站起来了，而且保持着摇摇晃晃的姿势。

“瞧！它已经认可这个名字了。”赫伯特说。

老虎又倒了下去。

“振作起来，老虎。”赫伯特说。

老虎没有反应。

“你打算怎么处理它？”

“把它带到楼上。放到床上。”

“那拉菲克、查尔斯和伊克巴尔怎么办？”弗姆列出其他弟兄的名字问，“你以为他们想和老虎睡在一起？”

“我们去看看。”

他们的卧室是裁缝店后面那间。整座房子，巴克什只装修过那一间，它散发出一股新鲜混凝土和新柏木的味道。楼梯边的地板刚用混凝土刷过，新楼梯用粗糙的厚木板搭建而成，没有上漆。全都是凑合着用，因为巴克什说，他正在考虑有一天把整座房子推倒，建一座更大更好的。这间房子叫储藏室，但其实是杂物堆放室，巴克什家把不想要但又舍不得扔的东西都放到这里。

弗姆说："你今晚不能把狗带上去。他们还没睡。把它藏到楼梯下，明天早上再带上去怎么样？"

他在楼梯下的一堆垃圾里到处翻，翻出一个印有"置于阴凉处"的被压扁了的牛奶箱、两个发臭的黄麻袋，以及很多《特立尼达哨兵报》的旧刊。他把麻袋放到箱子里，把报纸放到麻袋上，再把老虎放到报纸上。

"现在放到楼梯下。"

楼梯顶上的门开了，更多的光透进储藏室。

"你们两个在下面搞什么鬼啊？"巴克什夫人问。

"没什么。"弗姆回答，"我们只是把油漆什么的放好。"

"我们在整理这里。"赫伯特补充说。

巴克什夫人没理会他们。"看到你们父亲没有？"

"他不是开宣传车出去了吗？"弗姆说。

"我知道他在哪儿。他就是用选举做借口，翘着尾巴到处跑。你们也一样。哼！这选举一开始对某些人来说是甜的，但我向你们保证，它还没结束就会变酸。"

她站在楼梯的顶端，显得高大而威严。

赫伯特一边动静很大地把油漆罐收好，一边把装有老虎的箱子放到楼梯下。

但老虎还得吃东西。

弗姆知道这一点。他走上楼梯。"妈妈，赫伯特肚子疼。他一路上都捂着肚子大叫。我想他是饿了。"

"他一点也不饿。我不知道是谁让他起露水了还在埃尔维拉到处乱跑。"

赫伯特领会了弗姆的意思。他从楼梯下出来，弓着背，双手按着肚子。“天啦，肚子里全是气，饿死了！”

巴克什夫人说：“要是不熟悉的人听到孩子这么说，还以为我让他挨饿。赫伯特，你今晚没吃东西吗？”

“是的，妈妈。”

“你不是吃了一整块烤肉吗？”

“是的，妈妈。”

“你不是吃了炸菜饼吗？”

“是的，妈妈。”

“你不是喝了半罐茶吗？”

“是的，妈妈。”赫伯特喝了很多茶。他能喝两三大瓷杯，有客人在时，能喝四五杯。巴克什夫人常在她的姐妹们面前夸耀，“在喝茶方面，我想没人能比得过赫伯特。”

“你吃了那么多，喝了那么多，你还要我相信你饿了？”

“是的，妈妈。”

“看，孩子！别那么回答我，听到没有？你小肚子鼓鼓地站在那里，直直地看着我，你还有胆量对抗我？别以为我忘了你在哈班斯面前是怎么让我蒙羞的。”

弗姆说：“不是他的错，妈妈。是里面有气。”

“气！另一个时髦的借口就是阑尾炎。在我小时候，没人得胀气病和阑尾炎。不是气。是我这些年来省吃俭用从我的孩子们这里得到的回报。告诉我，我省吃俭用到底是为了谁？”

孩子们没有吭声。

她的怒火消退了些。“好吧，上来拿点吃的吧。如果你不注意，你会像我这样变得胖嘟嘟的。但我看得出来，你就想这样。廉耻心被狗吃了。来吧。”

她站到一边，让他们过去，然后跟着他们走到脏兮兮的小厨房里。赫伯特从一个蓝色的大搪瓷罐里倒出茶，跟炼乳和红糖一起煮，然后倒进一个搪瓷盘里。他拿了半块烤肉，一块干干的没什么味道的薄烤饼，把饼干掰碎，然后放到茶里。

巴克什夫人站在他旁边。“继续。我想看你把这些东西都吃光。”

赫伯特无精打采地搅动茶和烤肉。

“你这么饿吗？不用别人告诉我，赫伯特。老天给我的七个孩子里面，你的舌头最长。而你的眼睛总是比你的舌头还长。”

弗姆想不出什么办法让巴克什夫人从厨房出去，好在让巴克什夫人分心的事情来了。从里面的房间传来尖叫，一个女孩的声音大喊：“我去告诉妈妈。妈妈，快来看，吉拉打我。她知道我打不得，但她还是打我。”

巴克什夫人走到厨房门边。她降低声音讽刺道：“吉拉，今天晚上你跟我说你脚疼。”她离开厨房走进去，“我要把你脚里的疼拔出来，把它移到别处去。”

赫伯特拿着茶和烤肉跑下楼梯。楼上，吉拉正在受罚。老虎对楼上的尖叫声、拍打声和冲撞声无动于衷。当赫伯特把装有茶和烤肉的盘子放到它面前时，它不知所措。慢慢地，本能克服了经验的不足。它感觉到那是食物。它想有尊严地靠近食物，四条腿挣扎着想站起来，但它的腿在发抖，又折回到身体底下。它把自己的口鼻放在盘子边有缺口的地方，将细细的没精打采的舌头伸到茶里，然后又把舌头缩回来。它这样放进去又缩回来好几次。最后，让赫伯特吃惊的是，它猛地一用劲，四条腿摇摇晃晃地站起来，一直保持站立的姿势，吃喝起来。

“吃吧，老虎。”赫伯特低声说。

但老虎慢悠悠、无精打采地吃着。赫伯特希望老虎摇着尾巴，吃东西被打扰时汪汪大叫。但老虎并不兴奋，也没有胃口，它泰然自若，好像觉得盘子随时会被收回去，就像盘子突然来到它面前一样。

“赫伯特哪儿去了？”

赫伯特听到巴克什夫人问。然后他听到弗姆说：“下去闩门去了。我让他下去的。”

老虎漫不经心、吧唧吧唧地吃着。

赫伯特等着，以为巴克什夫人会问他要盘子。

“但你们，你们所有人，弗姆，你怎么啦？你想把门闩了，不让你父亲进来了？”

“我去把他叫上来。”

楼梯顶上的房门打开，楼梯上又有了光，将装老虎的箱子照得一道一道的。赫伯特听到弗姆说：“好了，赫伯特。不用担心房门。上来吧。”

巴克什家五个男孩睡觉的那间房被叫作铜床房，因为房间里最显眼的东西是一张有四根帐杆的老铜床。铜床会吱吱响，帐杆上的帆布篷发霉了，被篷顶上的旧盒子、衣服和玩具压得看起来要塌的样子。巴克什家四个年龄较小的男孩睡在铜床上。作为家里年龄最大的孩子，弗姆一个人睡在一张美国军用帆布床上。

赫伯特挤在拉菲克和查尔斯中间，他们合盖一床洗得褪了色的被单。他不喜欢睡在床边，因为他总滚下去。年龄最小的伊克巴尔睡在那个位置，他从来没有滚下去过。

拉菲克还没有睡着。

赫伯特小声说："如果你答应不传出去，告诉你一个秘密。"

弗姆从帆布床上说："赫伯特，为什么不闭上嘴巴睡觉？"

赫伯特等了一会儿。

他看到拉菲克吻了吻交叉的食指，然后指着眼睛，意思是说，如果他讲出去，他的眼珠子会掉出来。

"得了条狗。"赫伯特小声说，"不大，但是条恶狗。"

"他们知道吗？"

赫伯特摇了摇头。

"多大？"

"哦，还要再长长。"

"叫它雷克斯。"

"不。叫它老虎。恶狗。也很安静。就是那种，如果他们许可，你可以写一张布告牌挂在外面：谨防恶狗。"

就在这时，他们听到大篷车开进院子的声音，不久便听到巴克什摸索着开后门。然后便是叮叮当当的声音和绊倒的声音，巴克什开始咒骂。

拉菲克说："老头又喝醉了。"

他们听到他匆匆忙忙上楼梯的响声，他的咒骂声越来越清晰。

然后他们听到巴克什大喊："亲爱的！我看到一条狗。一条大狗。在楼下。"

赫伯特用手肘轻轻地推了推拉菲克。

"你在竞选和演讲啊。"巴克什夫人说。

"跟你说，亲爱的。一条好大的狗。在楼下。走来走去。一点声音也没有。在守楼梯的样子。"

"如果你不小心点，你很快就会见鬼了。"巴克什夫人说。

赫伯特咯咯地笑起来。

"谁咬谁？"巴克什夫人问，"你咬狗还是狗咬你？"

拉菲克戳了一下赫伯特的肋骨。

他们满怀期待地听着，但后来没听到什么让人兴奋的东西。巴克什含混不清地说着有关大狗的事，巴克什夫人语含讽刺地回应他。但他们没有打架，没有东西被摔碎或是被扔到窗外。

第二天早上，赫伯特起来，铜床是空的，弗姆的帆布床也是空的。他跳下床——他穿着白天的衣服睡觉——冲出去看老虎怎么样了。

他还没走到楼梯边就听到巴克什说："你睡得好吗？下来，你个好家伙。我们正等着你。"

赫伯特知道完蛋了。

巴克什说道："但我跟你说，亲爱的，我昨晚见到的确实是一条很大很大的狗。看它今天早晨有多小。只有一种可能。魔法。巫术。

但谁想在我身上施魔法呢？”

巴克什夫人重重地坐在从楼上游廊拿下来的藤椅上。巴克什站在她旁边。巴克什家的孩子排成直线站在他们前面，弗姆也在。老虎的箱子被从楼梯底下拖出来，老虎蜷缩在潮湿的《特立尼达哨兵报》上，断断续续地打着瞌睡。

巴克什夫人讽刺道：“‘谁想在我身上施魔法？’好了，死十个。加上这条狗，现在我们家有十个了。”巴克什夫人很平静，静得有点沉闷。“巴克什，你给我作证，我跟你说过，这次选举一开始是甜的，但最后会变酸。你以为传教士是傻瓜？你以为传教士不知道你在这次选举中反对他？你以为他会忍气吞声？”

巴克什说：“像往常一样，你根本就不听我说。你以为我喝醉了。如果你昨晚下来了，你就会明白我跟你说的。我跟你说，亲爱的，昨晚是条大大的狗。很大很大的狗。”

老虎半睁开一只眼睛。

“看！”巴克什说，“它知道。瞧它看我的眼神多么狡猾。”

赫伯特也加入了孩子们的队伍中，站在拉菲克旁边。

巴克什夫人往椅子后面靠了靠，她看起来比以往更胖了。她的紧身胸衣很紧，胸部有皱痕。她的裙子也很紧，腹部也有皱痕。她双臂交叉放在胸前，然后一只手托着下巴。“弗姆，狗是你带进来的吗？”

“不是，妈妈。”

“吉拉，是你带进来的吗？”

吉拉哭起来。

“你哭什么啊？如果不是你带进来的，就不是你带进来的，说清楚就行。是你带进来的吗？”

吉拉摇了摇头，哭得更凶了。

老虎的一只耳朵抽搐着。

“卡罗尔，是你带进来的吗？”

“妈妈，你知道我不是那种女孩。”

就这样，巴克什夫人接着问。

“赫伯特，你昨晚带狗进来了吗？赫伯特，我问你，你有没有用我给人盛饭的搪瓷盘喂狗？”

“没有，妈妈。”

“确定？”

“我没带狗进来，妈妈。”

“好的。弗姆，去拿《圣经》来。在我的衣柜里。在装着所有照片和出生证的那个包裹下面。”

弗姆走上楼去。

“巴克什，去把店里的钥匙[①]拿来。”

巴克什非常热心地去拿了。“我跟你说，亲爱的。要是你昨晚听我说！”

“哦！”巴克什夫人叹了口气，“哦！没人带狗进来。是它自己穿过锁好的门进来，然后跳进压扁了的牛奶箱。”

弗姆和巴克什拿着《圣经》和钥匙回来了。

巴克什夫人闭上眼睛，随意翻开《圣经》。“死十个，”她叹了口气，“死十个。”她把钥匙放在翻开的《圣经》上。“弗姆，拿着

①旧时用的木制钥匙，有八九英寸长。

钥匙的一头。”

弗姆用中指尖按着钥匙一端，巴克什夫人按着另一端。《圣经》挂在钥匙上面。

“如果没人愿意收回他们说过的话，”巴克什夫人说，“这是找出狗是谁带进来的唯一办法。你们都知道会发生什么。如果我提到某人的名字时《圣经》转动了，我们就知道狗是谁带进来的了。别说我没有警告过你们。弗姆，准备好了吗？”

弗姆点了点头。

巴克什夫人说：“对圣彼得发誓，对圣保罗发誓，弗姆带狗进来了。”

弗姆回应：“对圣彼得发誓，对圣保罗发誓，弗姆没有带狗进来。”

《圣经》没有动。

巴克什夫人又开始了。“对圣彼得发誓，对圣保罗发誓，吉拉带狗进来了。”

弗姆回应：“对圣彼得发誓，对圣保罗发誓，吉拉没有带狗进来。”

巴克什夫人往椅子后面靠了靠，严肃地看着《圣经》，而不是小孩们。她深深地叹了口气，然后又开始了，这次是卡罗尔。

巴克什在一旁高兴地看着。他对用《圣经》来验证事情总是很感兴趣。拉菲克很兴奋。赫伯特知道自己心不在焉，但他决定坚持到最后。老虎又打起盹来。它瘦瘦的口鼻放在纤细的前腿间，清早精力充沛的苍蝇在它周围飞来飞去。

“对圣彼得发誓，对圣保罗发誓，拉菲克带狗进来了。”

下一个轮到赫伯特。他以前经历过这种检验。他知道不能愚弄《圣经》。

由于指尖承受了重量，弗姆的整只右手都在发抖。

“对圣彼得发誓，对圣保罗发誓，拉菲克没有带狗回来。”

巴克什夫人又舒了口气。

巴克什一只手掠了掠胡须。

“对圣彼得发誓，对圣保罗发誓，赫伯特带狗回来了。”

“对圣彼得发誓，对圣保罗发誓，赫伯特没有带狗回来。”

钥匙转了。《圣经》翻转并掉了下来。钥匙露出来，它的两端停在弗姆和巴克什夫人的手指上。

拉菲克激动地说：“我知道！我知道！”

弗姆说：“你确实知道得太多。”

“赫伯特，”巴克什夫人问，“你打算对《圣经》撒谎吗？”

拉菲克说：“肯定是巫术和魔法。昨天晚上他跟我说是条很大很大的狗。他还说是条恶狗。”他把“恶”重读了一下，那种强调听起来有点邪恶。

“好，”巴克什夫人平静地说，她一边站起来一边整理宽肚子上的褶皱，“我先把他撒谎的小尾巴砍下来再做其他事情。”她温和地对巴克什说，“亲爱的，请借我你的腰带用一下。”

巴克什也同样礼貌地回答：“好的，亲爱的。”

他把皮腰带解开，小心翼翼地从卡其裤的裤袢里抽出，好像他不想弄坏裤子，也不想弄坏皮带似的。巴克什夫人接过皮带。赫伯特先哭了起来。巴克什夫人没有看他。她拿着皮带停了一会儿，若有所思地低头看着它。突然，她转过身，拿着皮带朝他挥去，将他痛打了一番。赫伯特在小房间里到处跑，但出不去。后门仍是闩着的，通向裁缝店的门还锁着。巴克什夫人不急不慢地追着打。皮带够长，她总能够得着。她有一次不小心打到巴克什身上。她停下来，说了句："哦！对不起，亲爱的。"

"没关系，亲爱的。失误。"

赫伯特大声喊叫，发出汽笛般的声音。哈班斯几个礼拜前的周五下午就是被这种汽笛般的声音困扰。巴克什家其他孩子在一旁看得入了神。就连弗姆也受到影响。拉菲克由兴奋变得恐惧。吉拉哭了。

然后弗姆厉声喊道："好了，妈妈。"

巴克什夫人停下来，看着他。

巴克什也看着他。

巴克什夫人机械地将皮带还给巴克什。

赫伯特坐在台阶上，眼泪鼻涕直流。他抽泣着，一边吸鼻子一边哼哼，时断时续。

老虎一直在睡觉，耳朵时不时抽动一下。

巴克什夫人筋疲力尽地坐在椅子上，哭了起来。"我自己的儿子，我最大的儿子，竟然那样对我说话！"

巴克什尽量安慰她。

"走开。巴克什，是你的错。这次甜蜜的选举让你这么甜蜜。现在你看它变得有多酸。你搞得别人往我家里施魔法和巫术，你搞得我的儿子们当着我的面对我撒谎，你搞得我的大儿子对我说话的口气好像我是他女儿一样。巴克什，都是你的错。我跟你说，这次甜蜜的选举变酸了。"

“弗姆，你看到了吗？”巴克什说，“看到你妈妈哭，你高兴了？”

“我什么也没跟她说。是她要教训这男孩，就这样。”

“把那条狗从我家里撵出去！”巴克什夫人尖声喊道。她的脸扭曲变形，红彤彤的。“如果那条狗不走，我走！”她又哭了一阵。“哦，天啦，巴克什！现在我得浪费一整天。现在我得带赫伯特去把他身上的妖气除掉。”

“我身上没有妖气。”赫伯特在楼梯上说。

巴克什说：“你这个臭小子，你最好给我老实点。你好像还没被打够似的。”他对巴克什夫人说：“在驱妖方面，我觉得梵学家格涅沙[①]最厉害。那种事情得找他。但他现在从政了。”

巴克什的话提醒了巴克什夫人。“我跟你说，这甜蜜的选举，正在变酸！”

“你想让我把狗带去哪儿？”弗姆问。

“从屋里弄出去就行，”巴克什夫人边说边擦眼睛，“我只想让你把它弄出去。但不要在大白天弄出去。家里被施巫术已经够糟了。不要在弄出去时让大家都看见。死十个。除了让我们都变得像那条狗那样瘦，然后让我们十个都死掉，传教士还能怎样？还能怎样？”

妻子的解读让巴克什吃了一惊。“把那条狗弄出去！”他命令道，“别给那条狗东西吃，听到了吗？如果你不把它快点从这里弄出去，它会吸了我们所有人的血。”

老虎醒来了，睡眼蒙胧地看着周围的一切。

---

①印度教中的象头神，是天神湿婆与帕尔瓦蒂的儿子。在梵语中，格涅沙表示智慧与才华。梵学家和按摩师格涅沙是 V. S. 奈保尔另一部作品《通灵的按摩师》的主角。

巴克什夫人将赫伯特带到塔玛娜的一位先生那里去驱妖。那位先生跟随远方著名的通灵按摩师格涅沙，涉足魔法界。

那天早上，当巴克什看见传教士像往常那样急匆匆地走在路上时，他在胸前画了个十字。

五　相遇

在埃尔维拉，一切都乱套了。每一个人，印度教徒、穆斯林和基督徒，都有一本《圣经》。印度教徒和穆斯林带着极其敬畏的心情看《圣经》。印度教徒和穆斯林庆祝圣诞节和复活节。西班牙人和一些黑人庆祝印度教的万灯节。有人跟他们说，财富女神拉克希米应受到崇拜。他们把小泥灯放到贮钱箱上，说是等着钱生钱。大家都庆祝穆斯林的侯赛因节。实际上，如果除掉宗教节日，埃尔维拉没剩多少普通的日子。

那天早上，弗姆的竞争对手洛克胡开着宣传车宣传的就是这个：各种族和各宗教的团结。演讲的间隙，他播放了印度歌曲和美国歌曲。

洛克胡在喇叭里喊："埃尔维拉的公民，埃尔维拉公正的选民，联合起来！除了锁链，你们什么都不会失去。团结起来，紧密地结合在一起。选那个跟你们一起生活、一起干活、一起祈祷、一起工作的人。这里是最有名、最受欢迎的洛克胡之声，请求你们、恳求你们、哀求你们、乞求你们选传教士，最有名、最受欢迎的传教士。在选举日使用你们的民主权利，选一个就行。埃尔维拉的好公民，这里是洛克胡之声。”

洛克胡非常不受欢迎。他得罪了大部分印第安人、印度人和穆斯林。传教士的黑人支持者怀疑地看着他。库费先生不喜欢洛克胡。库费先生是传教士最忠诚的支持者。传教士是个空想家，库费先生是个务实的信徒。他是黑人，头发花白，开了个修鞋铺，他把他的修鞋铺称为黑人先锋者自助联合协会。库费先生每周五晚上在自家的游廊上举行祈祷会。他穿着有点紧的蓝色斜纹哔叽布料套装，一只手拿着《圣经》布道。他在中间的一张小桌上放了盏煤气灯，还放有一张镶框画，画的是被刺中正在滴血的心脏。最近几个周五，为了驱除从洛克胡那里传来的邪恶，库费先生一直在做有关背叛的布道。

因此，当洛克胡的货车靠近时，库费先生抬头瞧了一眼，咕哝了一句祈祷语。当时他紫色的嘴唇间含有几颗大头钉。

洛克胡将大篷车停在库费先生的店铺外。让库费先生讨厌的是，他在下车前还在高音喇叭里发表了一通演说。他高高瘦瘦的，虽然没有弗姆那么高，也没有弗姆那么瘦。他的脸很宽，也很瘦，浓密的胡须沿着上嘴唇有点愤世嫉俗的曲线往下长。自从看了一部由墨西哥演员比德洛·阿门德里兹主演的电影之后，他便开始留胡须。在电影里，阿门德里兹说美式英语，时而蹦出一句粗野的西班牙语。就是那些蹦出来的西班牙语让洛克胡害怕。弗兰西斯老师诚恳但悲哀地承认，胡须让洛克胡看起来像个墨西哥人，但洛克胡的敌人们不那么认为。弗姆叫洛克胡傅满楚[1]，库费先生也那么觉得。

“听到最新的消息了吗，咖啡先生？”

洛克胡不受欢迎的另一个原因：他决心时时刻刻说标准的英语。他故意那样，好像在说话前要考虑并检查一番语法。如果洛克胡在埃尔维拉以外的地方那么说，人们会企图向他漫天要价。他们以为他是游客。因为他说标准的英语，他们以为他是从孟买来的。

“上午好。”库费先生说。

洛克胡意识到自己社交上的失误。“上午好，咖啡先生。”

库费先生皱了皱眉，他黑色脸庞上的皱纹变得更黑了。“我不是你喝的东西，先生。”

埃尔维拉人叫库费先生“考费”。洛克胡固执己见，追求准确，叫他“咖啡”。库费先生宁愿别人叫他“考费”。

“听到最新的消息没有？”

“没听到。”库费先生边说边低头看手里坏掉的黑色长靴。

“谣言，考费先生。勒索和反对票[2]。”

库费先生怀疑地看着洛克胡。他觉得自己的黑肤色受到了嘲笑。

“巫术，考费先生。”

库费先生钉了一颗钉子。“上帝造人原是正直的。”

“是的，考费先生。但是，这些宣传是有害的。”

库费先生又钉了一颗钉子。“但他们却发明了很多诡计。”

---

①英国小说家萨克斯·罗默创作的傅满楚系列小说中的虚构人物，是一个高高瘦瘦、秃头、长眉倒竖、阴险狡诈的中国人。

②原文为 blackmail 和 blackball，两个词里都有 black（黑色），所以下文库费先生觉得他的黑肤色受到了嘲笑。

“跟一条狗有关。”

“没听说过狗的事情。”

“能毁了整场竞选活动，你知道吗？”

“那你满意了，洛克胡先生，嗯？那遂你心了？”

“考费先生，我只是在告诉你，反对方在散布邪恶的谣言，说传教士在施巫术。”

“谁给你的权利，你叫那位先生传教士？”

“那就是传教士先生。”

“传教士先生会处理好一切。你别太操心。”

“考费先生，你还是要留意点。把谣言扼杀在摇篮里。留意看他们有没有打算向我们施巫术。如果他们向传教士先生施巫术和魔法，会吓跑很多选票的。”

路上传来自行车车铃的声音。洛克胡和库费先生看见两个戴着太阳镜的白种女人站在装有粗轮胎的红色美国自行车旁。每辆自行车上都有一面三角旗，上面写着：觉醒！

库费先生嘟嘟囔囔地问候了一声。

较矮的女人从车筐里拿出本杂志，像拿盾牌那样拿在身前。

较高的女人问：“对一些好书感兴趣吗？”

“最近读得太多了。”洛克胡说。

她们没有理他。

库费先生往下看了看。“不想看杂志。”但他讲话的态度是很恭敬的。

矮小姐愉快地说：“哦，我们知道你们不喜欢我们。”

库费先生抬起头。“你们知道？”

“我们当然知道。我们是耶和华见证人。”

“这次选举的事，”库费先生说，“你们也跟其他人一样，是来参与选举的事？”

矮小姐撇了撇她的薄嘴唇。“我们跟政治无关。”

“选举不是神示的制度，”高小姐说，“而是人为的罪孽。不管怎么说，在埃尔维拉，现今的政治是谁发起的？”

“英国政府。”库费先生说。他一脸的疑惑。

耶和华见证人不再争论。

“我们一定要为它而战。”洛克胡说。

矮小姐同情地看着他。“为什么，我想你甚至还不是基督徒。”

“当然不是。”洛克胡怒气冲冲地说，“看看雅各布。为雅各布辩护。为亚伯拉罕辩护。”这是他从弗朗西斯老师那里学来的。

“我们得一起学《圣经》。”矮小姐说。“你礼拜天下午都干什么？”

库费先生的疑惑变成了恼怒。“哎，你们是来见谁的？我还是他？”

高小姐说：“我朋友手里拿的杂志说明了《圣经》上的预言正在变成现实。就连埃尔维拉的麻烦也在《圣经》里写着。选举和其他一切，都在里面。”

“谁赢了？”洛克胡问。

“你是谁？”矮小姐问。

“我是村里的知识分子。”这一说法是可信赖的，得到过弗朗西斯老师的认同。

“我们得一起学《圣经》。”

“首先不要打扰我的竞选活动。”

库费先生对洛克胡开始钦佩起来，没那么讨厌他了。

“关于这本杂志，”高小姐还是不依不饶，“《圣经》上的预言是怎样变成现实的，你一点兴趣也没有？”

“我求知欲不强。”洛克胡说。

女人们离开了。

“魔鬼不是傻瓜，”库费先生说，“他真的派漂亮女人来引诱我们。但我被引诱了吗？”他用周五晚上布道时的语气和语法说话。“没有，先生，我没有被引诱。”

“你没有，”洛克胡说，“但有关巫术的事情，考费先生，如果他们企图做什么快动作，请告诉我。我们一定要以牙还牙。现在，又有这些耶和华见证人鼓励大家不要投票。我们也要考虑对策。”

“你真的是无神论者？”

“真正的自由思想家。不可知论者。”

“哦。”库费先生放心了。

庄园工头马哈德奥真的是个蠢蛋。他只需列出埃尔维拉生病和病危的黑人名单——只能让他做那样的事情，但他大肆张扬。

那天正午，洛克胡刚离开库费先生不久，马哈德奥就来到库费先生的店铺，想跟他聊天。马哈德奥胖胖的身材，穿一套紧身卡其布工头服，满身大汗。库费先生刚才一直心情沮丧，充满怀疑，让他打开话匣子就像用牙齿打开一瓶啤酒那样难。那时候，库费先生什么都不喜欢。他不喜欢耶和华见证人，不喜欢有关巫术的话题，不喜欢洛克胡。

马哈德奥摘下太阳帽。“工作很卖力啊，考费先生？”

沉默。库费先生也不喜欢马哈德奥。

马哈德奥搔了搔手臂底下紫红色的汗渍。“选举，考费先生。”

没有回应。

“进步，考费先生。民主。埃尔维拉在前进。”

“为什么你不自己前进，把你的屁股拖出我的院子？”

马哈德奥的眼睛鼓得老大，受到了伤害，但还是决定继续说：“有一个候选人想让我帮他竞选，考费先生。”

库费先生轻蔑地哼了一声。

马哈德奥拿出一个红色袖珍笔记本和一支小铅笔。“我得问你几个问题，考费先生。”他奉承起了他，“毕竟，你是埃尔维拉的重要人物。”

库费先生喜欢这样的奉承话。“确实，”他承认，“这是上帝的意愿。”

“我也是这么认为的。考费先生，你在埃尔维拉的黑人朋友过得怎么样？”

“很好，我想，感谢上帝。”

“考费先生，你确定？”

库费先生斜着眼睛看了他一眼。“你什么意思？”

“所有人都很好？没有人生病什么的？”

“马哈德奥，你到底是来干什么的？”

马哈德奥像政府办公室里的办事员那样笑了笑。“只是在做一项工作，考费先生。只是个工作。在埃尔维拉，如果有黑人病了，你是他们第一个来找的人，不是吗？”

库费先生变得柔和了些。“是的。”

“没人生病吗？”

“没有。”库费先生没有理会马哈德奥希望听到有人生病的语气。

马哈德奥有点失望，把拿起的铅笔又放下。“没有快死的或是刚去世的？”

库费先生跳了起来，把黑靴子扔在地上。“巫术！”他大喊，然后拿起一把锥子。“巫术！洛克胡是对的。你们那边的人想施巫术。卷起你的尾巴从我院子里出去！快。”

“你什么意思？巫术？”

库费先生拿着锥子往前走。

“考费先生！”

马哈德奥开始后退，他的笔记本打开，铅笔尖朝前，作为保护。“只是想帮忙，就这样。这就是我得到的感谢。只是想帮忙，做一项工作，就这样。”

“没人要你帮忙。”库费先生大声说，因为马哈德奥现在已经走远了。“听着，马哈德奥，有一件事情我警告你。如果有人死了，任何人，你就麻烦了。所以，小心点。别施什么魔法。如果有人死了，任何人。巫术！”库费先生大骂，“巫术！”

库费先生听起来是认真的。

马哈德奥现在真的担心了。

如果巴克什不多嘴，马哈德奥也不会陷入那样的窘境。巴克什夫人警告过他，要他别说老虎的事。但他身上从来没发生过这种事，他想让别人知道。在埃尔维拉，几乎人人都经历过灵异的事情，所以，当他们在拉姆劳干的朗姆酒铺里聊到这样的话题时，巴克什不得不即兴编造。

巴克什夫人和赫伯特刚一动身去塔玛娜，巴克什便去见印刷商哈理查德，并在他去库瓦的印刷厂之前见到了他。

哈理查德是埃尔维拉穿得最好的男人。他当时正在一块小穿衣镜前打温莎式领结。穿衣镜钉在后廊的一根柱子上。他仔细地听着，但并不兴奋。

“你说的没什么奇怪的。”他最后说。

“什么意思？伙计，哈理查德。那是只很大很大的狗……”

“如果你觉得那是怪事，那你怎么看我在我父亲去世前接收到的征兆？”

“征兆，嗯？”巴克什的话是种让步，因为哈理查德的故事他之前听过很多次了。

“我父亲去世前两个星期，”哈理查德边用刀片刮胡子边说，“是一个晚上。我睡得很沉，很沉很沉。睡得香极了。嗯，我听到吱吱的响声。吱吱，吱吱。像小老鼠一样。我爬起来。还是听到吱吱的响声。是一个有月光的晚上。凌晨三点。月光使一切看起来像坟场一样。死寂而有趣。吱吱。吱吱。我打开窗户。根本就没风。外面的树木黑魆魆的，寂然无声。吱吱。吱吱。路面在月光下看起来是白色的。又白又长。吱吱。吱吱。我探出头。没有风。什么也没有。只有吱吱声。我往下看。路上有东西。黑乎乎的，在爬动。我又往下看。四只很小很小的马儿被套在一起。小狗那么大。小黑马。它们正在拉一副灵柩。吱吱。吱吱。灵柩跟鞋盒子一样大。”

哈理查德将剃刀刀片收好。

“两个星期后，我父亲死了。凌晨三点。”

“但讲到小狗，”巴克什说，“这个东西昨晚还是条很大很大的狗。我刚打开后门就看到它了。走路有点瘸，很有意思。你知道哈克是怎么走路的吗？蹒跚着走，好像走在玻璃上一样？这条狗就像哈克那样走路。它什么也没说。只是看着我。很狡猾。我吓了一跳，马上跑上楼。早上就成了条很小很小的狗，瘦瘦的，所有的肋骨都露出来。但颜色跟晚上看到的一样。”

哈理查德弯下腰来擦鞋。“有人想在你身上施魔法。”他的语气很平淡。

“当时是条很大的狗，伙计。”

“不要喂它。”哈理查德说。

“喂它！传教士没那么容易伤害我。”

“啊，这么说是传教士啰，嗯？”哈理查德会心地一笑。“选举的事开始了？”

“我们帮哈班斯。”

“哈班斯不会得到我的选票。嗯，他还没让我印过任何东西。”

“你怎么能这么说呢？伙计。我们为你安排了事情。”

“你听好，我没求任何人。但如果你们想要我的选票，你们就得在我这里印东西。如果知道你们对我不好，会有很多人不喜欢的。”

“我们为你安排了，伙计。这么说，只是别喂它，嗯？”

“好，我等着看你们给我带来什么。别喂它。尽量把它弄出去。”

接下来，巴克什到处跟人说他的故事，有空听他说的，几乎都听了。他同时也听了很多别人的故事。拉姆皮阿里的妈妈埃特瓦丽亚（用印地语）跟他说，她丈夫死后两天，她看到他站在她的床尾。他看了看她，然后又看了看孩子——他是在拉姆皮阿里出生那天去世的——他在消失前哭了一会儿。在讲故事的时候，埃特瓦丽亚哭得很厉害，巴克什也不得不跟着哭，但他不能跟着埃特瓦丽亚一直哭，最后，他不得不很没礼貌地离开。

整个上午他都在跟人说这事。有关老虎的故事差不多传遍了埃尔维拉。洛克胡听说了，然后告诉了库费先生。

拉菲克上学前，弗姆把他叫到房后的小茅屋里对他说："拉菲克，你个讨人嫌的没用的小浑蛋。"

拉菲克开始吸鼻子。

"你还假装不知道我为什么叫你浑蛋？"

"我不说谎。"

弗姆打了他一巴掌。"是的，你不说谎。"他模仿他，"但你说了。"

"《圣经》自己转的。跟我无关。"

弗姆又打了他一下。"如果不是你告诉她狗的事情，妈妈怎么会知道？"

拉菲克哭了起来。"我不知道她会打赫伯特。"

"今晚赫伯特从塔玛娜回来，我要你请求他的原谅。而且我要你把那个藏在铜床顶上的红蓝色陀螺给他。"

“是我的陀螺。我从学校的一个男孩子那里偷来的。从大宝贝那里偷来的。”

“我要你把那个陀螺给赫伯特。”

“不给。你想怎样就怎样。再碰我一下，我就告诉妈妈。”

“拉菲克！你说的是什么下流话？你从哪里学来的那些话？妈妈以前听你说过那种话吗？”

“什么话？”

“再说一遍，拉菲克！我现在去告诉妈妈。”

拉菲克明白了这是勒索。“好吧，我把陀螺给赫伯特。”

拿到做竞选干事的薪水后，弗姆买的第一件东西是一副昂贵的墨镜。只要开着宣传车出去，他就会戴上那副眼镜。

他正沿着峡谷路慢慢地行驶——你可以沿着埃尔维拉的任何一条路慢慢地开——正在那时，他看到奈莉·吉德伦金从学校回来。她正轻快地走着，头微微上扬。

弗姆放慢速度，发表了一段竞选演讲。奈莉·吉德伦金转过身看了看，然后又转回去，头抬得更高了。

弗姆开着车跟在她后面。

“姑娘，想搭车回家吗？”

她没有回答。他跟在后面。

“弗尔姆，请你不要跟在我后面。”

“你怎么叫得这么正式？是不是因为你要嫁给哈班斯的儿子

了？跟别人一样，叫我弗姆吧。”

“埃尔维拉有些人不知天高地厚。”

弗姆干笑了一声。“啊，你是因为这幅墨镜没认出我！”

“弗尔姆，请你开走。否则我就要告诉我父亲了。”

弗姆唱起来：

> 告诉吧，告诉吧，
>
> 直到你肚子里全是发臭的蛋。

“我看是小人无大志。”

“哎，姑娘，你想搭车还是不想搭？别浪费我的时间。这些天我可是在工作。”

“啊！我不知道你能干什么工作。”

“在这次选举的事情上，我是你父亲的上司，知道吗？”

她哼了一声，但停了下来。

大篷车也停了下来。弗姆一只胳膊肘搭在车门上。“为哈班斯的竞选效劳。就这样。七十五美金一个月。看到这眼镜了吗？猜猜多少钱。”

“六十分。”

“接着说吧。不好意思，十二美金。”

“哈！”

“你喜欢听成熟的大声演讲吗？”他大声演示了一番。

“你的意思是说这些你都熟记在心？”

“没有！一路上编的。还想听吗？”

她摇了摇头。“天很热。你可以载我到峡谷路的那头。”

“只到那里，嗯？啊，你不想让那个老人看到你跟我在一起。”他为她打开车门。“现在你差不多是个结了婚的女人了。”

他发动了汽车，响动很大，然后一只手握着方向盘，背靠在座位和车门之间的角落。他看起来镇定而随意。

“这么说，小奈莉嫁出去了，嗯？”

他让她难为情。

“我不知道你有什么可难为情的。你嫁了个医生。你可以记下药方，然后打出来。尤其是，医生的字很难认。”

他开玩笑开得太大了。她看起来要哭了。“弗尔姆，我不想结婚。”

他没想到她会这么说。“那你想干什么？”

“我想去保利。”

他不知道那是什么意思。“嗯，事情总是乱糟糟的。我听说，哈班斯也不急着把你当成儿媳妇。”

她哭了起来。“我想去保利。”

“保利，嗯？”

“在伦敦。摄政街。”

“哦。”弗姆说得好像他很了解似的。“弗朗西斯往你脑袋里灌输了思想。嗯，你永远不知道从现在到选举日期间会发生什么。”他停了一下，然后说：“哎，你喜欢狗吗？”

奈莉·吉德伦金在哭的时候还记得保持优雅。“我特别喜欢狗。”

弗姆踩住刹车，车子隆隆几声便停了下来。“哎，我可不是说着玩的。我问你喜不喜欢狗。你回答我喜欢或者不喜欢。不要教育我，听到了吗？你还没有去保利。”

她不哭了。

她说:“我喜欢狗。”

“你是个好女孩。我有条狗……嗯，很小的狗，还不到一岁。不能放在家里。你想照顾它吗？”

她点了点头。

他有点吃惊。“送给你。弗姆给你的结婚礼物。你晚上什么时候从弗朗西斯老师那里上课回来？”

“八点半。”

“八点四十五见。在今天碰到的地方。”

她在峡谷路的尽头下了车。

下午，吉德伦金穿上他走亲访友的套装，让吉德伦金夫人照看楼下的两个工人，自己出去为哈班斯竞选。吉德伦金走亲访友的服装跟他在家里穿的衣服一样特别。第一样是一件没有破损的白衬衫，十三码，袖子小心翼翼地朝上翻——不是卷起，而是折起——不穿的时候，他就把它用专用的衣架挂在他那个昂贵、宽敞但几乎是空荡荡的衣柜里。吉德伦金对他的衬衫格外小心。他不喜欢经常洗它，因为那样会损坏面料，但他从来不喜欢一次穿一件衬衫超过两个月。他尽可能少穿，只在特殊场合穿。吉德伦金喜欢让衬衫慢慢地变脏。第二样是一条褐色的华达呢裤子，他把它放在床垫下的《特立尼达哨兵报》中间，让它保持平整。第三样是一双褐色的鞋子，有点破旧，但闪闪发亮，替换他在家里穿的木鞋。吉德伦金走亲访友服装的第四样也是最后一样，是一顶大大的灰色毡帽，帽子很平整，没有缎带，只是在宽宽的帽檐上有一个上了年纪的大油点。

埃尔维拉人一看到吉德伦金穿了这身服装，就知道他有正事要办。

吉德伦金竞选来了。

一开始，进展还算顺利。但慢慢地，吉德伦金发现人们不是很愿意表态。他们谈论巫术、魔法和狗。但他们最后还是答应了。只有脚被锄头伤了的拉姆皮阿里的丈夫顽固不化。在状况最好的时候，拉姆皮阿里的丈夫都是个好斗的蠢蛋。现在他在痛苦中，比平时差十倍。那天上午，巴克什在埃特瓦丽亚家讲老虎的故事时，拉姆皮阿里的丈夫也在场。他大惊小怪。他说他谁也不选，因为他不想让人在他身上施巫术，他不相信这种新政治，政治家都是骗子，没人会为他做任何事情。

吉德伦金把帽子放在膝盖上，耐心地听着。

等拉姆皮阿里的丈夫讲完，吉德伦金问："拉姆皮阿里的丈夫，你想借钱时，你会找谁？"

"我找你，金匠。"

"你想要人帮你找事干时，你会找谁？"

"我找你，金匠。"

"你想写信给政府时，你会找谁？"

"我找你，金匠。"

"你想借杯子、盘子、椅子时，你会找谁？"

"我找你，金匠。"

"当你想得到任何帮助时，拉姆皮阿里的丈夫，你会找谁？"

“我找你，金匠。”

“所以，当我想要帮助时，我得找谁？”

“你得找我，金匠。”

“当我想用这帮助把一个人送进立法委员会时，我得找谁？”

“你得找我，金匠。”

“你看，拉姆皮阿里的丈夫，我认识的大人物越多，就越能帮你。现在告诉我，我还得为你自己的事求你吗？”

“你不用求，金匠。”

吉德伦金站起来，戴上帽子。“我希望你的脚快点好起来。”

“金匠，如果你见到哈班斯先生，告诉他，嗯，告诉他我的脚有多糟糕。”

吉德伦金犹豫了一下，想起哈班斯不想插手印度教病人或是死人的事情。

拉姆皮阿里的丈夫说：“传教士明天来看我。”

“传教士能为你做什么？像你这样的人不只需要同情。你需要更多的东西。”

病人两眼发光。“这句话最真，金匠。无论什么时候我需要帮助，我都找你。”

吉德伦金笑了，病人也回以微笑。但当他走出去时，吉德伦金咕哝了一句：“狗娘养的混账东西。”

不过，虽然碰到拉姆皮阿里的丈夫那样的人，还有有关巫术的讨论，吉德伦金那天下午的竞选活动还是收获不小。

但有关巫术的讨论让他担心。那会失去选票的。

六　夜路相遇

巴克什夫人回到埃尔维拉，她的任务完成了。赫伯特获得了精神上的洗礼。她还带回了神秘的东西——装在一个褐色的小包里——那东西可以让家里也得到净化。

“梵学家格涅沙是个了不起的通灵师。”巴克什说，“很遗憾他要从政。不过，那表明他是个好人。从他觉得要为政治放下手头一切的那一刻起，他就放弃了驱妖那一类的生意。”

“我们去找的那个人也不错。”巴克什夫人说，“他给赫伯特驱妖驱得很好。”

赫伯特看起来确实得到了净化。他清瘦的脸蛋上挂着泪痕，眼睛还是红的，鼻尖还在抖动，湿湿的。他一直拧着嘴巴，表示仍然讨厌这个世界。

巴克什夫人一直对赫伯特有种负罪感。她对巴克什说，其实是为了让赫伯特听到。“你知道吗，赫伯特没有给那个人带来太多麻烦。他表现得像个很好的男孩。那个人说，如果妖孽附了身，第一件要做的事情是把妖孽打出去。你打的不是那个人的身体，而是妖孽。”

赫伯特吸了一下鼻子。

巴克什说：“人们不相信我昨晚见到的大狗今天早晨变得这么小。亲爱的，根本就没人相信。大家都非常吃惊。”

巴克什夫人吓得跌坐在藤椅里。“巴克什，你是个不可救药的大傻瓜。你的意思是你告诉大家了？”

“不是把所有事情都告诉了他们。没有提传教士或巫术。只是说了狗的事情。说狗的事情没什么不对的。你瞧，哈理查德也跟我说了他看到很小的马儿拖着很小的灵柩的事情。是在一个有月光的晚上。三点……”

“大家都知道哈理查德那件有关灵柩的事情。但那只是一个征兆。”

“征兆，嗯？这件事——这件有关狗的事——就是巫术和魔法，嗯？这件事更大？”

“是的，你个无可救药的傻蛋，是的。”

“不管怎样，没人相信我说的话。大家都以为我在撒谎。”

“你是撒了谎，爸爸。”赫伯特说，“昨天晚上是条小狗，今天也是条小狗。”

巴克什很感激赫伯特打断刚才的话题。“哦，天啦！哦，天啦！我要给这个男孩点颜色看看！”

他要去抓赫伯特，但赫伯特急忙躲到巴克什夫人的椅子后面。他知道他母亲同情他。而巴克什知道在这种情况下赫伯特不可侵犯。但他还是做出要打他的样子。他围着椅子转。巴克什夫人伸出一只胖手臂挡住他。巴克什便停了下来。

“哦，天啦！”他哭诉起来，“听听一个这么点大的小屁孩竟然那样跟我说话！我小时候，如果跟我父亲那么说话，我的背会被打掉一层皮。”

“赫伯特，”巴克什夫人说，“你不能说你父亲撒谎。你要怎么说？”

“我要说他讲故事。”赫伯特顺从地说。但他随即振作起来，嘴角露出一丝嘲讽的笑容，这使他看起来有点像弗姆。

“不，赫伯特，你甚至连你父亲讲故事都不能说。”

“妈妈，你的意思是我什么也不能说？”

“是的，儿子，你什么也不能说。”

巴克什将手插进紧绷的口袋里。“下次说话前想想会有什么后果，小子。我打得你屁滚尿流，听到没有？”

赫伯特很害怕这种威胁的话，它们比挨鞭子还恐怖。

“我在跟你说话，小子，”巴克什继续说道，“回答我。”

赫伯特看了看他的母亲。

“回答。”她说。

“是的，爸爸。”他回答。

巴克什将手从口袋里拿出来。他的火气消了，但还是假装不高兴。不过他骗不了赫伯特。赫伯特知道巴克什只是想防止巴克什夫人攻击他。

巴克什却先责备起她来。“你管你自己叫母亲，你就是这么教育你的孩子们的。要他们侮辱他们的父亲，当着他的面说他撒谎。孩子们一生下来就吃我的，你却鼓励他们这么做。”

巴克什夫人累了，显得很平静。她说：“你在肚子里怀了他们九个月？你照料了他们？你给他们洗过澡洗过衣？”

巴克什的胡子抖了抖，他在想怎么回答。

他还没找到答案，巴克什夫人又开始反击了。“发生所有这些事情，是谁的错？”她的脸色阴沉下来，态度变了。“这次甜蜜的选举让你尝到甜头了，巴克什。但看这种甜是怎么变酸的。走着瞧。”

她说得实在是太对了。

老虎一整天都待在楼梯下的箱子里，时而昏昏欲睡，时而清醒，无所事事地躺着。弗姆偷偷地喂它，但它还不习惯吃东西。下午时分，它突然打起嗝来。它侧身躺着，纤细的肋骨不能承受小肚子的抽搐。打嗝让它显得更有活力，让它的身体在湿透的报纸上翘起来，然后又掉下去，让它喉咙里发出吞咽食物时那种奇怪的声音。装它的箱子变得越来越潮湿，脏兮兮的。弗姆虽然很能吃苦，有些事情他却不愿意干，所以箱子从来没有清理过。弗姆喂老虎次数频繁但方法不得当。有一次，他伸出手，用一个手指头摸老虎的口鼻处，看到老虎抬起眼睛，翘着尾巴，他很开心。

现在，他不得不把老虎送出去。

“把它装到一个袋子里，开车带走。”巴克什夫人饭后说。

“把它带到远处去，”巴克什补充了一句，“远远的。”

“好。”弗姆说，他突然有点愤怒。“好，别催我。我会把它带得远远的，不会碍你们的眼，也不会烦你们的心。”

巴克什夫人几乎是哭着说：“打选举开始这孩子才这么跟我说话的。”

巴克什终于找到一个机会为自己出口气。“小子，你知道你是怎么跟你妈妈说话的吗？谁在肚子里怀了你九个月？谁照顾你的？”

巴克什夫人说：“巴克什，你为什么不闭上你的屁股嘴？”

“你们两个争吧。”弗姆说完便下楼了。

他拿了个干净的麻袋，打开，往下卷成鸟窝状。他捏了张报纸衬着去抓老虎，免得弄脏手，他把老虎从箱子里拿出来，放在被卷成鸟窝状的麻袋里。

赫伯特蹑手蹑脚地走下楼梯。

“嗨，赫伯特，下来把这个脏箱子扔到后院的什么地方。它把整个屋子都弄臭了。”

“弗姆，你要把它怎么样？”

弗姆没有回答。他的怒气还没散。

老虎在麻袋做的窝里伸开四肢平躺着，肚子因打嗝而不时起伏。

“弗姆，老虎会死吗？”

弗姆看了赫伯特一眼。“不，它不会死。”

“弗姆！你不会要了它的命吧？”

他不知道他会怎么做。那天他跟奈莉·吉德伦金说起老虎，只是找点话说，好让她别哭。

老虎喘着粗气。

弗姆站起来。

“弗姆！你不会杀了老虎吧？”

弗姆摇了摇头。

“弗姆，你发誓。吻你的手指发誓。”

“你知道我不相信那种事情的。”

“弗姆，别要它的命。你不相信巫术之类的事情，是吗？弗姆。”

弗姆吸了一口气。“那家伙给你陀螺了吗？”

“拉菲克？”赫伯特高兴起来，“给了，他给了我陀螺。”

“好，把那个旧箱子扔了。它发臭了。”

赫伯特用食指尖摸了摸老虎的鼻子。老虎的眼睛没动，但它的尾巴翘起又放下。

那天晚上，奈莉·吉德伦金想都没想就同意跟弗姆碰面去抱狗。现在，她坐在弗朗西斯老师家土褐色的客厅里，心不在焉地听他讲课。她对狗的事不放心，她对弗姆也不是很放心。她觉得根本就没有狗。但一想到晚上在偏僻的路上跟男孩子见面，她整个下午都兴奋不已。她从来没有跟任何男孩子出去过。跟男孩出去是不对的。现在，她差不多已经订婚了，那就更不对了。吉德伦金先生在很多方面已经很开明了——他让她受教育，他装修房子，给房子涂上鲜艳的涂料——但他还没有前卫到允许唯一的女儿在结婚前跟男孩出去。奈莉不怪他。她知道她这么快被嫁出去只是因为她不够聪明，不能进像拉皮克那样的女子中学。想到拉皮克，她就想起保利，然后想到哈班斯的儿子，那个她要嫁的男孩。她跟她姑妈（一个律师的老婆，吉德伦金家游廊里那个涂有铬层的烟灰缸就是那个律师给的）待在一起时，在西班牙港见过那个男孩一两次。他是黄皮肤，有点胖，长了一口大黄牙，傻笑着嚼口香糖，总是拿出他的钱包，向你展示他最近得到的某位美国女演员的亲笔签名照，你也会看到他钱包里塞了一叠四分之一英寸厚的崭新美钞。不管怎样，如果她必须嫁给他，那她就得嫁，是她自己的错。虽然她更愿意到保利去。弗朗西斯老师见过已经去了那里的人。保利有舞会！弗姆甚至不知道保利是什么。但他不是傻瓜。他讲话没有洛克胡讲得那么好，但洛克胡特别爱炫耀。她更喜欢弗姆。弗姆疯了。他买那么贵的太阳镜。还有那滔滔不绝的长时间演讲。她本想一直笑的。不是说他演讲的内容多有趣，而是弗姆演讲时那过分认真的态度让她想笑。然而，他从来没有让她觉得整件事情只是一场闹剧。男孩假装成男人的样子！还编造狗的故事，只是因为想见她！

弗朗西斯老师不得不将她拉回现实。“吉德伦金小姐，你一直在笑什么呢？”弗朗西斯老师提前想好要说什么的时候，才会讲标准英语。“我刚才在说，速记要靠练习。我在学速记时，经常不知不觉在枕头上练速记。”他总是这样结束他的课。

奈莉看了看巧克力色的墙和墙上积满灰尘的挂钟。八点二十分。她跟弗姆八点四十五分见面。

放学后，弗朗西斯老师常把外套脱下，把领带放得比平时稍低点，这时候，他喜欢谈生活。他正在谈论选举。自从洛克胡毫无预兆也没做任何解释就离开他去帮传教士竞选以来，竞选对他来说成了一个令人痛苦的话题。

“吉德伦金小姐，这个新制度实际上是个诡计。是英国人让人们堕落腐化的又一个诡计。”

奈莉一边在便笺簿上随意写着一边心不在焉地问：“老师，你选谁？”

“一个也不选。”

“老师，你现在说话跟耶和华见证人一样。”

他酸酸地笑了笑。“选举没什么意义。埃尔维拉人不知道选举的价值。”

奈莉的目光离开便笺簿，抬起头来。“老师，在我看来，很多人都非常清楚选举的价值。”

“吉德伦金小姐，我没有反对你父亲的意思，吉德伦金小姐。但看看洛克胡。在这次选举前，我一直以为他会走得比较远。但现在……”弗朗西斯老师挥了挥手，没有说完。“在这次胡扯的普选前，埃尔维拉是个非常友好的地方。”

“老师！你的意思是说你反对民主。”

他发现他的话吓到了她。他笑了笑。“吉德伦金小姐，民主是我不赞成的东西。”

“老师！”

“吉德伦金小姐，我是个激进分子。”

奈莉将笔放在便笺簿上。“弗朗西斯老师，我父亲会非常感兴趣的。”

他看到了便笺簿。“吉德伦金小姐！你把我刚才说的话记下来了？吉德伦金小姐！”

她没记。但她将本子啪的一声合上，然后站起来。

“吉德伦金小姐，我只是在发表看法。你不要认为我是个法西斯主义者。”

她准备离开。“我什么都不认为，弗朗西斯老师。但我跟你说，如果我父亲听说你不赞同民主或选举，他不会让我到你这里来上课的。”

这正是老师担心的事情。

“吉德伦金小姐，我只是说说。传播思想。实际上，作为一个老师，我得不偏不倚。”

“我知道你的意思。你想两边都讨好。”

“不是，吉德伦金小姐，不是。”

她不愿听他说完。

他在空空的、毫无生气的政府公寓里走来走去，又一次觉得，自从洛克胡背叛他以来，埃尔维拉已经成了一片荒漠。

峡谷路上漆黑一片。没有月光，也没有风。路的一边是一堆堆隆起的没什么特色的矮树丛，另一边是黝黑空荡的干涸的峡谷。当弗姆把车前灯关掉，所有夜晚的声音好像从矮树丛跳出落到了车里，所有他看不到的生物发出的呱呱声和啾啾声将他旁边座位上老虎的呻吟声淹没。

后来各种叫声退去。弗姆听到不远处发动机的声音。不久后，他看到两百码外道路拐弯处的斜坡上出现了汽车的前灯。车子拐弯拐得太快：车前灯晃出了一道“Z”字形的光。弗姆被照得睁不开眼。

司机大喊："呀！"

是洛克胡。

"呀！我们要活埋哈班斯！呀！"

弗姆飞快地将头探出窗外，对着洛克胡大喊："拿出点实际行动来！叛徒！"

"呀！"

洛克胡走了。

但洛克胡不是一个人在车里。弗姆很肯定，他看到一个女人跟他一起。车子经过时，她急忙蹲下。那个洛克胡，确实是个不知羞耻的谎言家。他说过，掺和埃尔维拉的政治是堕落，但他为传教士竞选。他说过，他不喜欢女人，婚姻是不正常的，但他现在在晚上跟一个不愿意被人看到的女人开车出去。

"在这次选举中，我们不是一边的，我真是太高兴了。"弗姆大声说。

奈莉·吉德伦金来了，有点腼腆，也有点担心。"哎，弗尔姆，"她讽刺地说，"你带来了这条名狗？"

他把车上的顶灯打开。

"哦，天啦！弗尔姆！真的是一条狗！"

他不明白她为什么生气。

"是条长了疥疮的小杂种狗，弗尔姆。它病了，还臭烘烘的。"

"就是一条小狗，你看你给它取了多少夸张的名字。"

她面露不悦。“看它的肚子，弗尔姆。肚子疼。”

“这就是我找你的原因。在埃尔维拉，除了你，没人能照看一条病狗。”

她不能食言。但她生弗姆的气。她感觉被他愚弄了。她要条狗干什么呢？

弗姆说：“你父亲传信来，说是在你们家开委员会的会议。我可以让你和你的狗搭便车。”

她一言不发地上了车。

“吉德伦金小姐，作为一个受过教育的姑娘，你知道你没有礼貌吗？保利人可不喜欢这样的。没人教你说声谢谢吗？”

她抬起头，整了整上衣，避开老虎，大声吸鼻子。

“你会习惯它的。”弗姆说。

然后麻烦开始了。

他们听到路边有奇怪的声音。那声音既像是咯咯声，又像是噼啪声，还有点像口渴的狗舔水的声音。

后来，一个尖厉的声音上气不接下气地喊道：“这就是事情的起因！”

弗姆费了好大的劲儿才看清说话的是哈克，狂热的穆斯林。

弗姆下了车。

“哈克，你这个老骗子。上帝给了你骗子的颜色。黑色。你这么黑，没人能在晚上看见你。”

哈克兴奋得发抖。他的棍子敲着地面，背看起来比平时更驼。“你，弗尔姆·巴克什，想怎么叫我就怎么叫我。但我要告诉你父亲。作为一个穆斯林，你一点廉耻也没有。跟一个非洲黑女人出去。”

奈莉低头看身边的老虎。她已经吓呆了，不知道该说什么，也不知道该怎么做。

弗姆为她辩护。“你叫她非洲黑人？你让自己看起来显得那么虔诚，那么穆斯林，那么神圣，但你还是一点廉耻也没有。你的羞耻心让狗吃了。你这个脏兮兮的老骗子，老鬼。”

“这就是事情的起因。”哈克重复道，他的声音尖厉，一番喋喋不休，完全不受控制。有一刻，他冒着危险，将支撑自己的棍子举起来指着奈莉。“这就是起因。”他发出一种像窃笑又像哭泣的声音，然后又倚着棍子。在黑暗中，弗姆能看清的只是他眼镜后面的白眼珠和他花白、扎人的胡须。

“你看到了什么？骗子。”

“我什么都看到了。”哈克嘿嘿傻笑，然后又呜咽起来。“这就是起因。”

“跟我说你看到了什么，骗子。”

“好，好，你侮辱我。”他抱怨了一句，然后又愤愤地说了一句。“你不理解我忍受的痛苦。”

“你从我这里得不到一个子儿，你这个讨厌的老骗子。”

“我不像你那么年轻强壮。我是老人了。你侮辱我，想看我哭。好。我就哭给你看。”

哈克开始哭。但听起来像是在笑。

“哭，骗子。”

奈莉最后说话了：“别管他，弗尔姆。”

“不，我想看这个老骗子哭。”

哈克哭诉道：“我是老人了。你们这些人把峡谷路变成爱情路。

先是洛克胡，现在是你。你们所有人都不理解老人的艰辛。”他用袖子擦了擦脸颊，然后又哭起来。“我是个孤家寡人。”

弗姆上了车。

“哈克，如果你把你看到的这件事告诉任何人，我保证你会在一家好医院里度过你的余生。你到时还得安一对假腿。”

哈克又哭又笑。“现在就杀了我。你年轻，你强壮。来杀了我，把我埋在这峡谷路，你们的爱情路。”

费姆关了车前灯，发动引擎。矮树丛里的嘈杂声重新清晰可辨，哈克在黑暗中大叫：“杀了我，弗尔姆。杀了我。”

“骗子。”弗姆喊了一声便开车走了。

遇到哈克，弗姆很高兴，虽然他以前从来没有喜欢过这个人。小时候，他常因为哈克的故事而挨鞭子。

但奈莉感觉很无聊，也很害怕。

“别担心，”弗姆说，“他不会说出去的。我骂过他之后，他不会说出去的。”

她没有说话。

老虎在他们中间站起来，发出嘶哑的叫声。

他在离吉德伦金家不远的小路上放下了奈莉和狗。

弗姆发现马哈德奥和吉德伦金正在等他。吉德伦金已经换上在家里穿的衣服，正在铺着瓷砖的游廊上摇摇椅。他的表情跟以前一样冷漠，一样令人敬畏。马哈德奥仍然穿着他的卡其布套装。

游廊里没有灯。吉德伦金说他们不需要灯。他们不需要写字，只想谈谈。

不久，弗姆听到奈莉回来的声音。他听到她打开楼下店铺的侧门，听到她从后面的木梯子走上来。

吉德伦金喊道："是你吗？女儿。"

"是的，爸爸，是我。"

"去穿上你的家居服，"吉德伦金命令道，"把弗朗西斯老师留的家庭作业做好。今天晚上别到处乱跑了。"

弗姆看着吉德伦金。他脸上依旧挂着那呆板的笑容。

有那么一会儿，游廊上谁也没有说话。弗姆在想着老虎，马哈德奥在想着库费先生，吉德伦金摇着摇椅，木鞋敲在地上啪啪作响。

最后，吉德伦金对弗姆说："这个马哈德奥是个真正的蠢货。"

马哈德奥一动不动，他的大眼睛一下也没有眨。他刚跟吉德伦金说了早上跟库费先生谈话的不愉快经历。

"我是个率直的人。"吉德伦金边说边伸出手掌放在摇椅的扶手上。"我实话实说，谁想生气，让他们生气好了。"

马哈德奥没有生气。他低头看着他解开带子的靴子，摸了摸鼻子，把手指按得啪啪作响，用胖胖的短手指梳理着浓密且油腻腻的头发，嘴里喃喃地说："我是个傻瓜，我是个傻瓜。"

吉德伦金不打算轻易放过他。

"你当然是个傻瓜。你是个双倍傻瓜。这个男孩的父亲是个三倍傻瓜。"

"你什么意思？"弗姆问。

吉德伦金笑得更灿烂了些。"你父亲遇到了狗的麻烦，是吗？"

弗姆低下头。

“这么说，你父亲以为，让人们投票的最好方法就是到处说传教士在他身上施巫术和魔法吗？”吉德伦金的话很刻薄，但语气很温和。“告诉我，那样是不是会让很多人不选传教士，嗯？”

马哈德奥还在想着早上的经历。“金匠，看来我们得放弃埋葬死掉的黑人和照顾生病的黑人这个计划了。”

弗姆头一次听到吉德伦金笑，短暂的讽刺挖苦的笑。“嗯，但马哈德奥，你是个聪明人。那个计划不是你自己想出来的吗？”

马哈德奥笑了。“是的，金匠。”

弗姆开会时心不在焉的。他留心听屋里的动静。他在峡谷路上显示出来的那种镇静在吉德伦金家的游廊上开始消失。现在，想到哈克让他不安。他听到洗碗的声音，听到吉德伦金夫人正在唱印度电影《吉胡拉》的主题曲。

马哈德奥说：“不过也是个好主意，金匠。金匠，你当时不是觉得黑人塞巴斯蒂安在选举前肯定会死掉吗？”

吉德伦金边笑边摇摇椅，没有回答。

马哈德奥有点受伤。他用手指梳了梳头发，然后说：“对不起，金匠。我是个傻瓜，我是个傻瓜。”

奈莉在里屋走来走去。弗姆听到她穿着拖鞋走路时发出的啪嗒啪嗒的声音。到目前为止，一切看起来都正常。

马哈德奥挠了挠脖子后面，表示茫然和后悔。吉德伦金还是那么冷漠。马哈德奥又想按手指，但这次没响：他的手指最近按得太勤了点。“金匠，这次有关巫术的新说法会吓走很多选票的。”

吉德伦金大声说：“一边是耶和华见证人让大家不要选。现在，这个男孩的父亲告诉大家，如果他们选哈班斯，传教士会向他们施魔法和巫术。你们就这么办吧。看看这样是不是能赢得选举。”

马哈德奥忘记了自己的过失。“说实在的，金匠，这个男孩的父亲确实讲得太多了。”

弗姆打算反驳，但吉德伦金向他发问：“弗姆，你有什么办法吗？让西班牙人投票，让其他人别被传教士的巫术吓倒，也投票？”

弗姆摇了摇头。

吉德伦金边摇摇椅边说：“我有个主意。”

他们都聚精会神地听着。

“施巫术的不是传教士，是耶和华见证人。我们得这么宣传。”吉德伦金说。

“是个好主意。”马哈德奥说。

弗姆比较谨慎。“等等，金匠。好，我们就说是耶和华见证人施巫术。但传教士会怎么说呢？”

吉德伦金的金牙在从厚厚的客厅门帘缝里透进来的微光映照下闪闪发光。“你是个聪明的孩子，弗姆。你确实问了个正确的问题。他……”吉德伦金将下巴伸向正呆呆地看靴子的马哈德奥，“他没那么聪明，不会想到那一点。”

马哈德奥抬起头来，问道：“传教士会怎么说？金匠。”

吉德伦金的摇椅停了下来。“是这样的。传教士也想得到一些西班牙人的选票。他错了，但有时让人们抱一些希望很好。如果西班牙人不投票，传教士会受伤。因此，传教士本人已经在说是耶和华见证人在施巫术了。如果我们也那么说，耶和华见证人就没有机会了。人们开始怕耶和华见证人，我们就能赢回科多巴西班牙人的选票。这些西班牙人说他们不投票是因为政治不是一件神圣的事情。嘿！”吉德伦金吸了一口气，西班牙人的忘恩负义和愚蠢仍旧让他耿耿于怀。

马哈德奥挠了挠后脑勺，然后用一根手指摸了摸鼻子。“你知道你有但是我们没有的是什么吗？金匠。你有脑子，金匠。”

吉德伦金没有理会马哈德奥。“不是我的主意。我今天听到人们谈论巫术的事，也听到洛克胡到处说不是传教士在施巫术，而是耶和华见证人。我坐下，双手捧着脑袋，理了理头绪。我觉得，虽然这个孩子的父亲很蠢，发起有关狗和巫术的讨论，但我们还是可以获利的。”

弗姆表示赞同。但让他苦恼的是，是洛克胡想出了对付耶和华见证人的办法。耶和华见证人最终会被巫术和魔法的说法击垮，而这巫术和魔法不是别的，其实就是老虎，赫伯特的老虎。

屋内，脚步声照常。吉德伦金夫人还在唱歌。

老虎不会有事。至少今晚会没事。

七　死鸡

虽然吉德伦金的计划做得很好，但第二天，哈班斯还是遇到了麻烦，大麻烦。

这天一开始就不吉利，几乎可以说是个恶兆。弗姆在吉德伦金的店铺外出了点事故。只跟一只鸡有关，但那件事的影响在黄昏前已经使整个埃尔维拉惶惶不安。

事故发生时刚好是正午。拉姆劳干的酒铺一般从中午十二点到下午四点不营业。吉德伦金家的两个工人到店铺后面的某个地方吃东西去了——吉德伦金夫人给他们吃的，他们在楼下的地上蹲着吃。就在那时，两辆相互竞争的宣传车相继开过来。

弗姆开始发表演说。“埃尔维拉的人民，选那个适合做特立尼达和多巴哥立法会可敬的议员的人。选苏鲁吉帕特·哈班斯先生。大家都叫他帕特·哈班斯。哈班斯先生是受欢迎的候选人。哈班斯先生会不遗余力地为你们服务。埃尔维拉的人民，这里是弗尔姆·巴克什之声，大家更熟悉的名字是弗姆·巴克什之声。这里是弗姆·巴克什之声，要求你们——不是请求你们、恳求你们、哀求你们、乞求你们——而是要求你们和告诉你们选可敬的、受欢迎的候选人帕特·哈班斯先生。哈班斯先生会不遗余力地帮你们。”他停顿片刻后又加了一句，“但你们得先让他进立法会。”

然后是洛克胡演说，弗姆安静地待在一旁，得体地等着。洛克胡用他受过训练的煽动性的嗓音说：“女士们，先生们，这里是最有名最受欢迎的洛克胡之声。埃尔维拉这个公正的选区因歌曲和传说出名。洛克胡谦恭地劝每一个男人、每一个女人和儿童选托马斯先生，大家都叫他传教士。传教士会不遗余力地帮你们。我再重复一遍，女士们，先生们，他会不遗余力。”

两辆车就要擦肩而过时，弗姆想起洛克胡前一天晚上的奚落，便侧身探出头去喊道：“呀！我们要埋了传教士！到时没人在他的葬礼上布道。”

“你埋他的时候，一定要不遗余力。”洛克胡大声回应。

两辆车擦肩而过。洛克胡喊道：“弗尔姆·巴克什，为什么不说英语呢？”

“拿出点实际行动来。”弗姆反击道，虽然他知道这话跟他们当前的争吵没什么关系。在他说这话时，为了避开洛克胡的车子，他把车往右边挪了挪。他感觉到散热器被碰了一下，听到短暂渐弱的咯咯声，便知道他撞上了某种小动物。他等着主人大声咒骂。但没有。他赶紧往后看。是只鸡，吉德伦金家的一只鸡，更确切地说，是吉德伦金夫人的鸡。他继续往前开。

撞死鸡的事情刚好发生在正午过后。还没到三个小时，拉姆劳干树上的一个面包果重重地掉在吉德伦金家的屋顶上，结果他家客厅里那幅镶了框的乔治五世王和圣雄甘地会面的画掉了下来。

吉德伦金冲到厨房窗边，将正在用蓝色肥皂和灰烬刷罐子和平底锅的老婆从搪瓷洗碗池边推开，对着拉姆劳干的后院骂了几句复杂的印地咒语。

拉姆劳干没有反击，连头都没有探出窗外。

吉德伦金夫人叹了口气。

吉德伦金转身对她说。“你看到那个拉姆劳干是怎么惹恼我的了吗？你看到没有？”

吉德伦金夫人手里拿着抹了灰的罐子和灰白的抹布，又叹了口气。

“你看没看到？”

“我看到了。”

看到妻子那么镇静，吉德伦金更火了。他将头伸出德米拉拉窗[1]外，又用印地语大骂了一通。

拉姆劳干没有回应。

吉德伦金有点失落。他对他老婆说：“一幅很好的画。这种画，可不是每天随随便便进一家店就能买到的。还记得我花了多少时间给它框边吗？”

---

①加勒比地区的一种窗户，装有百叶窗板，顶部用合页连接，推开后，用一根棍子撑着。

“嗯，亲爱的，值得安慰的是，画没有碎。”

“你什么意思？会碎的。如果那个人的面包果总掉下来，这座房子里就没什么地方是安全的。”

“是的，亲爱的。你为什么不去把画挂回去呢？”

“挂回去？我，挂回去？喂，你现在别惹我了，听到没有？我不知道我做了什么，大家都来惹我。”

“不过，亲爱的，拉姆劳干今天没有惹你。面包果掉了，确实，但面包果不会思考。面包果不会停下来研究一番，然后说：‘我想我今天掉下去，会把那幅圣雄甘地画打下去。’”

“别让我发火！”

“再说那个拉姆劳干，虽然你一直骂他，但他都没出来回你一句。”

“没出来！你知道他为什么不出来吗？你知道吗？”他冲到窗户边，自己大声回答，“因为他不是斗士。你知道谁是斗士吗？我，吉德伦金，是斗士。”他晃动着短小消瘦的手臂，打在搪瓷洗碗池上。然后他把头缩回来，对着吉德伦金夫人。“我因为战斗而在最高法院里留下名字。不是什么愚蠢的纳帕罗尼小法庭，哈！而是最高法院。”他坐在漆过的厨房矮凳上，若有所思地说，“我就是那样的。要去就去最高法院。”他吃吃地笑起来。“嗯，如果拉姆劳干继续这样下去，最高法院又得有我的消息了。”他怀着一种悲戚的自豪说道。

“亲爱的，你只知道说。”吉德伦金夫人又刺激他了。

吉德伦金的嘴唇噘起又放松下来。“只知道说，是吗？”

但他的心情缓和多了。拉姆劳干反常的沉默让他没了发火的动力。他坐在那儿，一会儿笑，一会儿皱眉，木鞋踩在矮凳的横木上，小小的肩膀耸得高高的，骨瘦如柴的小手紧紧地按着座位的边缘。

吉德伦金夫人又开始捣鼓她的平底锅。她一擦，灰就掉下来。她边擦边唱《吉胡拉》里的歌。

吉德伦金慢悠悠地说：“会收拾他。会好好地收拾他。要给他施点什么东西。施点好东西。”

吉德伦金夫人的歌声停了下来。“不，亲爱的。你不能这么说。巫术和魔法可不是施在人身上的好东西。”

“不，别阻拦我，我求你。别阻拦我。我再也受不了刺激了。”

“亲爱的，你为什么不去把画挂回去呢？”

“在他向我们施东西前先向他施东西。”

吉德伦金夫人露出不安的神情。

吉德伦金看到了。他举例说明他的观点。“有人前天想向巴克什施巫术。一条狗。晚上还是条很大很大的狗，第二天早上就变小了。这么高。”

“你看到那条狗了？”

“你笑吧。但我跟你说，亲爱的，在他向我们施东西前，我们得先向他施点东西。我们不只是为我们自己着想。小娜丽莉怎么样？”

“奈莉，亲爱的？小奈莉？”

妻子的焦急让吉德伦金平静了下来。他从矮凳上站起来。“我去把画挂回去。”他宣布。

他穿着木鞋咔嗒咔嗒地走下黑乎乎的木梯子，走进店铺后面那间漆黑的储物间。在这里，他放了各种工具：打珠宝用的桶和盆、梯子、剪刀、木匠用的工具、油漆罐、刷子、建房子时从混凝土饰面那里收集来的整罐整罐的弯钉子。储物间没有灯——那是他节约的一个表现。但他知道每样东西在哪儿。他知道锤子在哪儿，装有钉子的罐子在哪儿。

他打开门，闻到一股刺鼻的味道。“白石灰变臭了。”他说。他摸锤子，摸到了。他又摸装钉子的罐子。他的手指碰到一个有点硬的毛茸茸的东西。一个黏糊糊的东西滑过他的手。后来他小手指根部松软的肉被什么东西抓住，然后狠狠地咬了一小口。

吉德伦金赶紧闩上门。

当他气喘吁吁地站在厨房门后面时，才发现掉了只木鞋。

“亲爱的，”他最后说，“亲爱的，狗。”

“狗？”

“是的，亲爱的。”

“在楼下？”

“是的，亲爱的。在储物间。锁在储物间里。”

吉德伦金夫人差点叫起来。

“跟巴克什说的他看到的那条很像，亲爱的。他们把它送走了，但它回来了。到我们这儿来了，亲爱的，到我们这儿来了。”

拉姆劳干听到面包果掉下来了，他也听到了吉德伦金后来的咒骂。但他没有回应，因为有位客人给他带来了重要的消息。

这位客人就是哈克。

哈克大概两点半过来的，他绕到拉姆劳干院子的一侧，那个地方从吉德伦金家的院子里看不到。他敲了敲门。弄出的响声很大：整块门由克罗格医生的哮喘药方锡制广告牌做成，被涂上黄色和黑色的颜料。

拉姆劳干大喊："走开。我知道你是谁。我知道是谁派你来的。你是个警察，你老婆病了，你急需为她买点白兰地，你求我，我就卖给了你，然后你就把我关起来。我知道是吉德伦金派你来的。走开。"

吉德伦金曾经确实用那种办法将拉姆劳干抓了起来。

哈克继续敲门。"我不是警察。我是哈克。哈克。"

"哈克，"里面的声音回答，"把你的黑屁股从我店里拖走。你一点也不值得信任。而且现在打烊了。"

哈克没有走。

最后，拉姆劳干从屋里走出来，带着一股加拿大康复油的味道打开院门。他刚才正在午睡。他穿一条脏兮兮的白短裤，走起路来胖胖的大腿一摇一晃的。他脏兮兮的白汗衫上有很多洞。他穿着拖鞋：脏兮兮的帆布鞋，小脚趾处裂开了，脚后跟已被踩扁了。

"你到底想要什么？黑鬼哈克。"

哈克将脸凑到拉姆劳干胡子拉碴的下巴跟前。"你听我说！你听我说！"

拉姆劳干推开他。"你说话时不要凑到我面前，不要让唾沫溅在我脸上。"

哈克好像并不介意。"你听我说。"他喋喋不休的，下嘴唇湿漉漉的，闪闪发亮。"等你听我说完，你就不会叫我黑鬼哈克了。"

拉姆劳干向前跨了一步，伸出大腿，从肩膀到膝盖处像果冻那样抖动。

他们走进店铺后面的那间房子。拉姆劳干在那里做饭、吃饭和睡觉。那间房子又长又窄，跟酒铺的面积差不多大。墙上贴满了《特立尼达哨兵报》，里面全是蟑螂。唯一一扇窗户关着，空气热乎乎的，弥漫着加拿大康复油的甜味。

拉姆劳干没好气地说："伙计，我正要睡觉，你吵醒我了。"他躺在皱巴巴的床上——一张扔在几块新木板上的垫子——随心所欲地抓挠着，一边打着哈欠。

哈克将手杖斜靠在角落里装朗姆酒的板条箱旁边，然后爬到成对角线挂在屋里的吊床上休息。

拉姆劳干边搔痒边打哈欠。"哈克，你开始讲之前，记住一件事情。我不相信你。记住，我不信你。"

他指着墙上唯一的一幅画，一幅彩色双联画。在一联画板里，哈克看到那个从来不借钱给别人的聪明人，那人胖胖的身材——虽然没有拉姆劳干那么胖——正在笑着数钱。画板的另一联，画的是那个不可救药的债权人，瘦瘦的，样子很憔悴，正在一个空钱箱前咬手指。拉姆劳干在他的店里也挂了这幅画的复制品。

"俗话说，我们相信上帝，但俗话也说，相信人就要破产。"拉姆劳干解释说。

"我不是来求你的，"哈克说，"如果你不想听我说，我起来走了就是。"

但他一动不动，没有要走的意思。

他开始讲起来。

拉姆劳干听着。听着听着，他的怒气慢慢地散了，变得高兴起来。他在脏兮兮的床上滚来滚去，踢着粗胖的腿。“哦，天啦，你是个好人。你真是太好了。我等着、盼着这样的事情好久好久了。哈！吉德伦金是斗士，嗯？他因为战斗而把名字留在了最高法院，嗯？现在我们得让这个最高法院斗士瞧瞧！”

就在此时，面包果掉了下来。然后，吉德伦金大骂。

哈克等着。拉姆劳干什么也没做。

“现在告诉他，”哈克催他，“回应他。”

“可以等等。”拉姆劳干开始唱起来：“可以等——等，可——以——等——等。”

拉姆劳干停下不唱了，他们一起听吉德伦金骂人。拉姆劳干拍着他的肚子。哈克咯咯咯地笑。

“我们就静静地听他骂完。”拉姆劳干说。他双手交叉放在肚子上，抬头看着被熏得漆黑的波纹铁皮屋顶，微微一笑，然后闭上眼睛。

吉德伦金停了下来。拉姆劳干的房里只剩下墙上《特立尼达哨兵报》后面蟑螂窸窸窣窣的声音。

吉德伦金又骂起来。

“他说自己很勇敢，是吗？哈克。让他等着。哈克，你这个黑鬼，但你是个很好很好的朋友。”

哈克正想开口说话，被拉姆劳干制止了：“我们好好听着。”

他们一直听到吉德伦金骂完为止。

哈克说：“拉姆劳干，你也是我很好很好的朋友。我得说，你是唯一的印度教徒。”

拉姆劳干坐起来，他的双脚在地上搜寻他那双破旧的帆布鞋。

“我老了，拉姆劳干。我的店铺跟你的一样，不赚钱。人们不像以前那样常买甜饮。跟你一样，我也没老婆。但我没你力气大。”

“哈克，我们所有人都会变老的。”

“那个弗姆说他要把我打得进医院。”

“弗姆只是嘴皮子厉害，跟他父亲一样。”

“他确实求我不要告诉任何人。我食言不是为了我自己。”

拉姆劳干站起来，伸了个懒腰，毛茸茸的大手摩挲着毛茸茸的大肚子。他走到装朗姆酒的板条箱前，拿出一个方形酒瓶。

“哈克，像你这么虔诚的穆斯林是不应该喝酒的，你知道吗？”

哈克生气地看了眼方瓶子，然后又看了眼拉姆劳干。“我很老了。”

“因为你老了，你就要接管我的店铺？”拉姆劳干将朗姆酒瓶放回原处。“你已经欠我三十多美金了，我知道我这双眼睛是看不到你还钱的那一天了。”

确实是这样。拉姆劳干刚到埃尔维拉的时候，哈克就缠上了他。

“你老了也会这样的。给我。”哈克说。

哈克闷闷不乐地接过朗姆酒，把它藏在宽松的斜纹哔叽布料夹克衫里面的口袋里。“拉姆劳干，我有时还能到你这里来跟你聊聊天吗，就像你刚来埃尔维拉时一样？”

“你是个糟糕的穆斯林，哈克，你是个酒鬼。”

哈克挣扎着从吊床上起来。“我老了。”

拉姆劳干急忙将他赶出去，然后把门关上。

哈克高高兴兴地出来，但尽力显得灰心丧气，好骗过在吉德伦金院子里干活的两个工人。其实他们并没有看他。他们正吃惊地盯着哈克没有看到的东西。哈克的眼睛一直盯着地面，手在夹克衫里摸索，确保他的朗姆酒还在那儿。他一瘸一拐地走了几步，接着意识到，如果他显得过分忧郁，人们也会怀疑，便又抬起头来。

他停下脚步。

在那里，他看到一只动物正一瘸一拐地从吉德伦金家的院子里走出来，行走在午后火辣辣的阳光里。那是所有埃尔维拉人都听说过的动物。它小小的，摇摇晃晃，看起来很危险。它就是老虎。

"那条狗要去哪儿？"哈克大叫。他希望它不要到他那里去。

老虎走到路上，然后向左转。

将近三点半，孩子们放学回家，劳工们也从工地回来。只有政府部门的工作人员还在上班，他们四点下班。

消息传遍了埃尔维拉。巴克什家的那条小狗，那条被施了巫术的狗，那条被送走了的狗，又回来了。

老虎一瘸一拐地走着。学生和劳工们在路边静静地站着，让它过去。卷起的窗帘后出现了面孔。人们从小路跑上去看。没人阻拦老虎，它也没看任何人。它不打嗝了。它踉踉跄跄、摇摇晃晃地往前走，好像它体外有股力量在推着它朝某个方向前进。

库费先生看到了，很害怕。

拉姆皮阿里的丈夫也很害怕。"你给我作证，妈妈，"他跟他的岳母说，"金匠昨天来要我投票，我跟他说我不想搅和政治上的事情。你给我作证，他求我投票。"

马哈德奥心里一直挂念着埃尔维拉有没有生病或是要死的黑人。他也看见了。经过库费先生家时，他没有抬头。

库费先生大喊："记住，马哈德奥，如果选举前有人死了……"

马哈德奥继续往前走。

老虎继续往前走。

巴克什、巴克什夫人、弗姆以及巴克什家的六个小孩都知道了。

"关上店铺！"巴克什命令道，"关上门。什么狗都别想进我的院子。"

巴克什夫人脸色发白。"这选举，亲爱的，这甜蜜的选举。"

巴克什说："弗姆，我不想再拿《圣经》和钥匙了。你昨晚有没有把狗送出去？"

"我跟你说了。"

"哦，天啦，弗姆！事情很严重。别在这种时候撒谎。"

弗姆吸了一口气。

"但我们还不知道是不是同一条狗。"赫伯特说。

"是的。"巴克什急切地说，"确实。我们怎么知道是不是同一条狗呢？"

巴克什夫人捶了捶胸。"我知道，巴克什。"

老虎若无其事地走过来。人们以为它会走在路中间，但它没有。它走在路沿上，像是希望藏到草里一样。

基督徒、印度教徒和穆斯林们都在胸前画十字。为确保没事，有的印度教徒嘴里还念着"罗摩[1]、罗摩"。

---

①印度教神名，相传为最高神毗湿奴的化身。

老虎来到路的转弯处。

“是老虎！”赫伯特喊道。

“甜啊！酸啊！”

“死十个。”拉菲克说。

“看那狗有多小，嗯？”巴克什说，“你们知道吗？它现在更小了。跟兔子一样小，跟火柴棍一样瘦。”

“虽然小，它还是来了。”赫伯特说。

“赫伯特，”巴克什夫人乞求道，“难道你制造的麻烦和痛苦还不够多吗？”

巴克什说：“别担心，亲爱的。我们知道，狗会径直从房子前经过。毕竟，塔玛娜那个家伙给赫伯特施了法术。”

“我知道，巴克什。埃尔维拉的每一个人都知道。瞧他们是怎么看的。他们看看狗，然后又看看我们。他们虽然脸上严肃，其实心里都在笑。哦，天啦，巴克什，这甜蜜的选举！”

“我不知道为什么你们所有人都大惊小怪的。我看到的只是一条瘦瘦的小狗，都要散架了，好像生下来就没吃过东西一样。”弗姆说。

老虎摇摇晃晃地继续往前走。

巴克什说：“看，亲爱的。你担心什么？它甚至不想过马路。”

“巴克什，我知道。如果它想过，它就会过的。我跟你说，那狗知道自己想干什么。哦，巴克什，看你把我搞得！”

“哦，它停都不停。”赫伯特说。

“你想让它停下来？赫伯特。回答我。我自己的孩子想让那狗停下来？”巴克什夫人哭丧着脸问。

“嗯，它不停。”赫伯特说。

“我跟你说什么来着？”巴克什说。他笑了。“想想看它会去谁家。想想看，亲爱的，甚至不是同一条狗。我们那条右脚前面有个白点。这条没有白点。真的不是同一条狗。”他转身背对着游廊的墙壁，面向他的家人。“不知道为什么大家都这么兴奋。好了，好了，表演结束了。”他拍了拍手，朝孩子们打了个响指，“表演结束了。回去看书学习去。做家庭作业。去自学。看地理和化学。没人给我机会让我学习……”

“狗回来了，”弗姆说，“它停下来，转过来了。”

他们都挤着去看。

老虎走走停停，一瘸一拐地穿过马路。

“这里有人喂过那条狗！”巴克什大叫。“不要跟我说这里没人喂过那条狗。”

老虎拖着身体走过排水沟上的厚木板。走了这么远，它已经筋疲力尽，侧身瘫倒在地，眼神茫然，胸腔和肚子高高鼓起。

“它那样子像回家一样。”赫伯特说。

“赫伯特，我的儿子，我亲生的儿子，”巴克什夫人说，“你着了什么魔？儿子。告诉我，他们对你做了什么，让你想要那条脏狗。告诉我，儿子。”

赫伯特没有回答。

巴克什夫人彻底崩溃了。她哭起来，胸部和肚子一颤一颤的。“巴克什，要出事了。这家里要出事了。”

“死十个。”拉菲克说。

巴克什扇了他一耳光。

“假如那条狗躺在那里死了，”巴克什说，“哦，天啦，弗姆，你想让我相信你没在这里喂过那条狗？那条狗看起来好像知道它的面包和黄油在哪儿，你听到了吗？”

弗姆耸了耸肩。

巴克什说：“亲爱的，最好是什么？狗是活着好还是死了好？”

巴克什夫人双手捂着眼睛，摇了摇头。“我不知道，巴克什。我不知道什么最好。”

但赫伯特知道他想要什么。“哦，上帝，”他祈祷，“不要让老虎死掉。”

拉姆劳干不知道老虎从埃尔维拉穿过的事情。哈克离开后，他继续待在他那间狭长漆黑的屋子里，琢磨着哈克带来的消息。他不能接着睡了。他躺在床上，开心地望着波纹铁皮屋顶，直到摆在床边空朗姆酒板条箱上的闹钟响起。这个闹钟他很多年前就有了，是用他收集的空铁锚牌烟盒换来的。钟面十一个数字的地方写着字：SMOKE ANCHOR 6。钟面是黄色的，令人吃惊的是，玻璃没有裂，只是被刮得模糊不清。每天中午，当拉姆劳干关店铺时，他就把闹钟定到三点四十五分。那样，他在四点打开店门前就有时间给自己涂上加拿大康复油，穿上衣服，泡上茶。

那天下午，每天都做的事情成了美事。他用了很多加拿大康复油。脸上涂了一层，头皮上也搽了些。他往手掌里倒了一些，放到鼻孔前闻了闻那有治疗效果的气味。他只差没喝加拿大康复油了。

他慢悠悠地穿衣服，一边哼着《吉胡拉》里的歌曲。他泡了茶，喝过了，看还有些时间，便走进院子。那天下午，院子中间矮小枯死的植物并没有使他感到不舒服。他几乎是疼爱地看着院子边上的面包树和鳄梨树。他尤其喜欢那棵鳄梨树。那棵树是他来埃尔维拉不久从一辆装满小鳄梨树的卡车上偷来的。那些树装在竹篓里。那辆卡车刚好在他的店铺外爆了胎。他跑出去看，当司机下车去找打气筒时，拉姆劳干拿了个竹篓带到自己的院子里。那棵树长得很好。它结的果子质量上乘。你只要看一眼便知道。普通的鳄梨果全是纤维和水，它们跟普通的鳄梨果完全不一样。拉姆劳干还从来没有尝过那棵树上的果子，那天下午，他却一点也不为此感到伤心。

开店时间到了。他爬上油腻腻的柜台，在想，选举过后，等哈班斯付清了朗姆酒钱，他便去买个好的镀锌柜台。也许还会买一台冰箱，用来放啤酒。人们越来越喜欢喝啤酒，他把冰块放在脏兮兮的布袋里已经不够了。有时候，运冰块的卡车甚至不来。

他取下用来固定松垮的前门的门闩，嘴里哼着《吉胡拉》里面的歌曲。想到是跟隔壁的吉德伦金太太学会这首歌的，他停下不哼了。他打开门，突然射进来的午后阳光刺得他睁不开眼。他低头往下看。

在他面前，在他店铺门口的正中间，直挺挺平躺着的，是一只死鸡。

八　死狗

他马上就认出了那只鸡。

是吉德伦金夫人那只脖子很干净的鸡，灰白色，虽然拉姆劳干总是嘘嘘嘘地赶它，有时还用石头或木块或是空加拿大康复油瓶砸它，它却顽固不化，总跑到他院子里来，吃他的草，把他快要枯死的植物掘出来，到处拉屎，有时甚至在他后面的房间里和店铺里拉。

它就是弗姆那天早上碾死的那只鸡。

那只鸡一孵出来拉姆劳干就认识它。他还认识它妈妈。一天，那只鸡妈妈带着一窝小鸡跑到他院子里，他把鸡妈妈的腿弄残废了。那一窝鸡里的其他鸡都不见了，不是被偷，就是长大被吃了，或是死了。只有这只脖子干干净净的鸡坚强地活了下来。

看到它死了，躺在自己脚下，拉姆劳干难过了一下子。

他抬头朝吉德伦金家的游廊看了看。

吉德伦金正等着他。“好好看，拉姆劳干。它再也不会去烦你了。那只鸡一直是你的心头恨。”

拉姆劳干没想到吉德伦金在那儿。

“你是个胖畜生。你奈何不了人，所以你朝一只可怜的鸡发泄。你是个可恶的畜生。好好看。把它捡起来。煮了。吃了。吃了长得更胖。你不是早就说过要吃了它吗？现在你的机会来了。煮了它，吃了它，我希望它毒死你。你杀了它，可恶的畜生，纳粹间谍。”

拉姆劳干还没有晃过神来。“你叫谁纳粹间谍？”

“你。你是个纳粹间谍。你比希特勒还坏。”

“因为我比希特勒还坏，你就把这只死鸡放到我门口？”

“但这不是让你满意了吗？你这个卑鄙的畜生。看到这只可怜的小鸡死了，你那肥胖肮脏的心不是平静满意了吗？”

“哎！但谁跟你说我杀了你的鸡？我没杀任何人的鸡，听到没有？”

“你是个卑鄙的骗子。”

拉姆劳干抬腿准备把鸡从门边踢开。但吉德伦金的话让他愣住了。

“踢啊，”吉德伦金说，“我敢打赌你的胖脚会断掉，烂掉。去踢啊。”

拉姆劳干发怒了。“你想在我身上施点什么，是吗？你是个大斗士，你只会在我身上施魔法和巫术，不是吗？你是最高法院斗士？”

“你问我干什么？你去过哪个法院吗？”

拉姆劳干跨过死鸡，慢慢地走到自己家院子边上，温和地说：“吉德伦金，下来。下来跟我说我是个纳粹间谍。”

拉姆劳干把他的手放在铁丝篱笆上。

“把你又胖又脏的手从我的篱笆上拿开。”

拉姆劳干笑了笑。“下来把我的手拿开。下来，把我的手从你的篱笆上拿开，跟我说我是个纳粹间谍。”

吉德伦金感到困惑不解。以前他让拉姆劳干把手从篱笆上拿开，他都照做。他要么大哭，承诺自己扎篱笆，要么就说：“好吧，我把手从你的篱笆上拿开，我会进去用酚皂洗手。”用这些方法安慰自己。

“下来。”拉姆劳干邀请道。

“我不想在你身上把我的手弄脏了。”吉德伦金顿了下。“但篱笆是我的。”

拉姆劳干突然来了灵感。“为什么不围着你女儿也扎一圈篱笆呢？”

他占上风了。

“娜丽莉？”吉德伦金问，几乎是用谈话的语气。

“是的，就是娜丽莉。小奈莉。哈。”拉姆劳笑得异常冷漠。

“拉姆劳干！你想对我女儿怎么样？”

拉姆劳干摇了摇铁丝篱笆。“哈。我不想对你女儿怎么样。但我知道谁想打你女儿的主意。”

“拉姆劳干！你以为你是谁？竟敢随随便便叫我女儿的名字。你，像你这样的人，我女儿走过的地，你应该跑着去亲。”

“走？哈。小奈莉懒得走了。她现在躺着了。”

“拉姆劳干！你的意思是你把你朗姆酒店里的东西都卖光了？你连一分钱的羞耻都没留下？那种话是从你这种要退休的老家伙口里说出来的？

拉姆劳干跟吉德伦金家遮阳棚底下的工人说话。他们刚才一直都假装心不在焉，其实在听吉德伦金和拉姆劳干说话。“告诉我，是不是我编造的？”

工人们没有看他。

拉姆劳干说：“俗话说，女孩子小，爬着跑。俗话也说，她们大点就开始走，再大点就躺下。这不是我坐下来瞎编的。”

“谁编的？”吉德伦金尖叫道，“你妈妈？”

拉姆劳干严肃地说：“吉德伦金，求你别骂我妈妈。骂我随你便，但别骂我妈妈。”他停了一下，然后大笑起来。“如果你想知道更多有关奈莉的事，为什么不问弗姆呢？”

“弗姆？弗尔姆？巴克什的儿子？”

“竞选干事。哈。好男孩。很好的穆斯林男孩。”

吉德伦金没兴趣跟他争。“真的吗？拉姆劳干，是真的吗？你没有瞎编？”

“你问我干什么？哈。问小奈莉。瞧，小奈莉放学回来了。问她。”拉姆劳干指着奈莉。

吉德伦金从游廊上看到奈莉走上马路。

“好学生和奖学金获得者，伙计，”拉姆劳干说，“这个女孩白天上学，晚上到老师那里单独上课。我知道我是个纳粹间谍，我知道我是个无耻的要退休的人，但我不是那种离间父女的人。”

他最后摇了一下篱笆，走过去捡起那只鸡，扔到吉德伦金的院子里。“吃了我的东西，它已经够肥了。”他说，“你自己煮了吃了。像你这样的最高法院斗士，得吃好点。”

他走回柜台。

跟往常一样，奈莉放学后留在后面帮着批改低年级同学的作业以及整理同学们弄乱的桌椅。她是学生头，类似于不领工资的班长。在回家的路上，她已经听说了老虎的事，还看到它躺在巴克什家的院子里。她那时就知道，她父母肯定已经发现了老虎，还把它赶了出去。

见到吉德伦金，她装出很高兴的样子。“嗨，爸爸！”

吉德伦金不喜欢那样的问候。“娜丽莉，”他忧伤地说，“别绕到后面去。上这儿来。我有事问你。”

她不喜欢他的语气。

“哦，狗啊，狗，”她边走上通往游廊的红色台阶边小声嘀咕，“你还会带来多少麻烦？”

巴克什一家正左右为难，他们不知道是该让老虎死还是让它活，幸好得到印刷商哈理查德的建议。

哈理查德从库瓦下班回家。没有出租车司机愿意去埃尔维拉，所以哈理查德只好在科多巴下车。他得走三英里路到埃尔维拉。他喜欢那样，因为走路会让他保持匀称的体形。如果遇上下雨天，他还喜欢炫耀他的美国雨衣，那是他有一次去西班牙港时花大价钱买回来的。埃尔维拉只有他一个人有雨衣，其他人只能等雨停了再走。

巴克什正坐在游廊往外看，像是要找解决办法，看到哈理查德的时候，他便指了指躺在院子里的老虎。

“啊，小狗狗，”哈理查德高兴地说，“还以为你把它弄走了。”

“它回来了，哈理查德。”

“回来了，嗯？”哈理查德停下来，审视着老虎。“瘦东西。”他站起来，用一只锃亮的鞋尖轻轻抬起老虎的肚子。“嗯，如果狗回来，就是说传教士给你施了强力巫术。”

“哈理查德，上来，”巴克什说，“我们想问你点事情。”

大家都知道，哈理查德是个业余的通灵师。但巴克什叫他上去是因为他总给人一种自信满满的样子。没什么能让哈理查德吃惊或是心烦，他总有办法。

“我个人觉得，”让哈理查德在游廊的长凳上坐下后，巴克什说，“我个人觉得，这里有人喂过那条狗。”

“有人喂过，是吗？”哈理查德站起来，脱掉外套。他的白衬衫一个污点都没有。每天都穿着干净的衬衫是哈理查德的一个特点。他将外套小心翼翼地叠起来，放在游廊墙壁的架子上。然后他坐下来，将有深折痕的蓝色斜纹哔叽裤的裤管拉到膝盖上方。“有人喂它，是吗？但是跟你说过不要喂它。世界上最糟糕的事情就是喂那样的狗。”

巴克什夫人走上前来。“哈理查德，要是这条狗死了，会怎么样？”

哈理查德没想过这一点。“会怎么样？嗯？”他拇指的指甲尖划过他那一小撮尖尖的八字胡。“如果死了，”他顿了顿，“会有危险。你无法预知。关于它，你去问过别人吗？”

她提了塔玛娜那个通灵师的名字。

哈理查德做了个鬼脸。“他还行。但他不是很厉害。跟梵学家格涅沙没法比。格涅沙是最厉害的。”

“我也常那么说。”巴克什说。他转向巴克什夫人。“我不是跟你说了吗，亲爱的，梵学家格涅沙是最厉害的。”

“不过，”哈理查德安慰他们说，“你们去见过通灵师了，他给你们东西保佑这座房子了吗？他给这个男孩驱妖了吗？”

“他很有效地给他驱了妖，”巴克什夫人说，“哈理查德，巴克什跟你说了那个征兆吗？”

“征兆？灵柩？”

“不是那个。”巴克什赶紧说。“我们有个征兆。亲爱的，告诉他。”

巴克什夫人跟他说了那个“死十个”的征兆。

“确实看到了，”哈理查德说，“不知道是你们的征兆。”

巴克什笑了笑。“唉，是我们的征兆。”

哈理查德坚定地说：“不能让这条狗死了。”

“但你之前跟我说不要喂它。”巴克什说。

“那时你没跟我说你们的征兆，”哈理查德说，“而且，原话不是那么说的。那时只说不要在屋里喂它。世上最糟糕的事情就是在屋里喂那样的狗。”

“在外面喂？”巴克什问。

“对了。在外面。在外面喂它。”

哈理查德站起来，低头看着老虎。

“哈理查德，想想如果它死了怎么办？”巴克什夫人问。

“嗯。”哈理查德皱了皱眉头，尖利的白牙齿咬了咬薄薄的下嘴唇。“一定不能让它死掉。”

“哈理查德，你看它是只壮狗吗？”巴克什问。

“不能说它是只壮狗。”哈理查德说。

“但哈理查德，那样的瘦狗会活下来会制造很多麻烦？”巴克什诱导他。

“特立尼达到处都是瘦狗。”哈理查德说。

“它们还活着。”巴克什说。

哈理查德小声对巴克什说：“那种瘦狗会生很多狗崽子。而且生得很快。”

为了让哈理查德高兴，巴克什装作很吃惊的样子。

“是的，伙计。像那样的狗。跟你说，伙计。我亲眼见过。”哈理查德看了一眼巴克什夫人的眼睛，然后大声说：“在外面喂它。一直在外面喂，就会没事的。如果有事，跟我说一声。”

他将外套轻轻地搭在左臂上，把领带弄直。走的时候，他说道：“我还在等着印海报，巴克什。如果哈班斯想得到我的选票，他就得让我印。否则……”哈理查德摇了摇头，大笑起来。

很快，老虎又穿过埃尔维拉，不过这次是搭着宣传车经过。弗姆和赫伯特奉命将它带到那间旧可可屋。

吉德伦金来访。

“出去竞选吗？金匠。”巴克什说。

因为吉德伦金穿着他走亲访友的套装。

吉德伦金没有回答。

“是私事吗？金匠。”

巴克什领着吉德伦金上楼。但吉德伦金没有脱帽，也没有在藤椅上坐下。

“是严重的事情吗？金匠。”

“巴克什，我希望你不要干预我女儿的事。”

巴克什皱着眉头。

吉德伦金的脸更红了。他的笑容展开了些。他平静的声音像结了一层冰似的：“有些人见不得别人好。我不想别人对我施巫术，我没有教育我女儿让她晚上跟着男孩子到处跑。”

“你说的是弗姆吗？”

“我说的不是弗姆。我说的是那个挑拨弗姆的人。那人就是你，巴克什。你知道的，我就是这种性格。我实话实说，谁想生气，让他生气好了。”

“瞧你，金匠！你说我是那个挑拨的人？”

“我不想要你们家的巫术跑到我家里来。我们是印度教徒。你们是穆斯林。况且，我女儿实际上已经订婚了。”

“订婚！”巴克什笑了。“跟哈班斯的儿子订婚？你让整个埃尔维拉笑话你。你以为哈班斯会让他儿子娶你女儿？哈班斯傻，但他还没有傻到那种程度，听到没有？”

吉德伦金一时不知如何回答。

“哎，金匠，弗姆比哈班斯的儿子强十倍，听到没有？还有，你以为我唆使弗姆跟你女儿出去？别让我再笑了，伙计。你女儿？有五千个穆斯林女孩比她漂亮。”

“我很高兴听说有五千个穆斯林女孩比她漂亮。但那不是重点。”

“怎么不是重点？大家都知道穆斯林女孩比印度女孩漂亮。弗姆在追你女儿？而且你女儿十之八九也不会给这个可怜的孩子机会。我跟你说，每个印度女孩都以为她们嫁了穆斯林男孩就进了天堂。”

“什么是穆斯林？”吉德伦金问，他的笑容僵住了，他的眼睛没了神采，他的声音很低，但说出来的话很刻薄。“穆斯林什么都是，也什么都不是。”他停下来。“连黑人也是穆斯林。”

吉德伦金的话伤了巴克什。他不再来回走动，盯着吉德伦金。他盯着他看了好长一段时间，然后大声说道：“好！好！我很高兴！我很高兴哈班斯不需要穆斯林的选票。哈班斯不会得到穆斯林的选票。你自己说的。黑人和穆斯林是一样的。好。传教士会获得埃尔维拉所有穆斯林的选票。”

巴克什的愤怒让吉德伦金缓和了下来。他脱下帽子，用一个手指头弹了弹宽宽的帽檐。“没有穆斯林的选票我们也会赢。”他又戴上帽子，抬起左手臂，捏了捏手腕正下方松弛的皮肤。“这是纯血。每一个印度教教徒的血都是纯血。没有跟任何东西混合。是纯粹的雅利安人的血。”

巴克什轻蔑地哼了一声。“依我说，你们只是一群异教徒。”

“杂种！”吉德伦金回了他一句。

他们侮辱对方的种族，声音越来越大。

巴克什夫人走出来说：“金匠，我不许你到我家来这么说话。”

吉德伦金将他的帽子在头上按得更稳当些。“我没有待在你家。”他穿过那间放有铜床的房间来到楼梯上，边走边说：“闻一闻。闻一闻这屋里的牛肉味和其他肮脏的味道。”他说话的节奏跟下楼的节奏一致：“一只动物在娘肚子里待九个月。它出生了。它妈妈喂它。

人们喂它。它喂它自己。它成长、变大、变壮。然后他们杀了它。为什么？”他边说边走到最后一个台阶。“因为要喂巴克什。”

巴克什在他后面大喊：“告诉哈班斯，没有穆斯林的选票，他也得赢这场选举。”

“我们还是会赢的。”

吉德伦金走到主干道上。

“我跟你说什么来着，巴克什？”巴克什夫人大叫，“看看甜的是怎么变酸的？”

“瞧你们这些人，”巴克什说，“别惹我，听到没有？”

巴克什夫人弄平肚子上的衣服。“你刚才为什么不跟金匠那么说？不，你只是在女人面前要威风。但是巴克什，如果你敢动我一根手指头，埃尔维拉人就会看到这个地方有史以来最疯狂的事。”

巴克什吸了一口气。“你说话跟你妈一个样。你们都只是嘴巴上的功夫。”

“继续说，巴克什。你说完了没有？继续侮辱去世的人。这场选举让你变得这么无耻。如果金匠那么跟我说话，我肯定会反手敲他的后脑壳。我知道我会那么做。但你，亏你还是我七个孩子的父亲，你让我蒙羞。”

巴克什想改变话题，他不耐烦地说：“你继续说。让金匠说，让哈班斯说。但穆斯林不会把票投给哈班斯。就等着瞧吧。”

弗姆和赫伯特将老虎带到可可屋时，天快黑了。多年前，种植园主雇劳工清理可可林的地面，现在，可可林被灌木环绕，那些灌木伸出去，快将可可屋堵住了。弗姆小时候在可可屋里玩过，但现在那里太危险了，没人敢靠近。

弗姆和赫伯特开出了一条从主干道通往可可屋的小道。他们给老虎带来一个盒子、几条麻袋和食物。在弗姆为老虎找足够安全的地方时，赫伯特四处查看。

赫伯特非常了解可可屋闹鬼的事，但就像他不怕黑一样，他也不怕鬼。可可屋里的鬼是个婴儿。修建可可屋时，埃尔维拉小姐跟一个黑奴有了那个孩子。据说她把那个孩子埋在屋后混凝土台阶下面的地基里。很多人，尤其是西班牙人，经常听到婴儿的哭声。有些人甚至看到那个婴儿在可可屋附近的路上爬行。

赫伯特爬到天花板上，试着将滑动式的屋顶往后推：屋顶是滑动式的，因为那样豆子可以在太阳下晒干，而且一下雨就能遮盖住。他用力推，但屋顶的轮子锈住了，卡在横杆上。他推了又推。轮子跟横杆摩擦发出吱吱的声音，波纹铁皮沙沙作响，松木板上下摆动，草鞋虫和木屑纷纷往下掉，整座房子都在晃动。

赫伯特大喊：“弗姆，屋顶还能用。”

“赫伯特，你怎么净干些傻事？看你把老虎吓的。”

老虎确实表现很奇怪。长途跋涉后，它第一次摇摇晃晃地站起来。自被发现以来，它第一次发出了叫声。幽灵般的哀鸣声，微弱的呜呜声。

赫伯特下来查看。

老虎直哼哼，在盒子里踉踉跄跄地走动，像是在试图抓住自己的尾巴。

赫伯特激动起来。“你看到了吗？它好点了。”他想起了埃尔维拉小姐的孩子。“狗能嗅出幽灵，你知道吗？弗姆。”

热带的暮光来了又去。夜幕降临。老虎的叫声变得更清晰了。每当弗姆踩到有点腐朽的地板上，可可屋就吱吱作响。外面灌木丛里的蛙声回应着狗叫声：夜晚的声音开始了。老虎时而哼哼，时而哀鸣，在盒子里摇摇晃晃地走动。

弗姆想强迫老虎躺下，对它来说，那种姿势好像是正常的，但老虎不想坐和躺，它也不想离开盒子。夜色更深了。外面树丛里的昆虫开始唱歌。弗姆只能看清老虎口鼻处的白点。一只蝙蝠从房顶猛扑下来，张开翅膀。

“不能让它待在这儿，”弗姆大声说，“赫伯特！”

但赫伯特不见了。

“赫伯特！”

他点了一根火柴。发出的火光让他一时看不清。稍后他看到周围破败潮湿的墙壁，上面布满了成千上万年代久远的可可豆印子。他抬头看屋顶。

“赫伯特！”

他又走回盒子那里。影子在墙上晃动。

“别着急，老虎。”

火柴熄灭了。他把它扔了，但没有听到它落下的声音。肯定是掉在地板上的某个洞里了。

“赫伯特！你在屋顶上吗？小伙子，小心，别掉下来摔断尾巴，听到没有？”

他摸索着走到破败的入口。房子嘎吱作响，镀锌铁皮屋顶摇摇晃晃。

“赫伯特！”

夜晚，他的声音听起来尖声尖气的。他什么也看不见，矮树丛周围黑压压的一片。马路和宣传车在一百码之外。

后来，他听到赫伯特大喊：“弗姆！弗姆！”他便跑回屋里。房子突然隆隆作响，他停了停，才接着往前走。他现在根本看不清老虎，只听到它边呜呜叫边磨蹭盒子的侧面。

“弗姆！弗姆！”

他走到房间的另一边，点亮火柴避免看不清路掉到地板上的洞里。

“瞧！弗姆。”

他沿着后面坚固的混凝土台阶往下走。它们是可可屋唯一结实的东西了。地面从马路开始往下斜，后面的台阶大概有八英尺高，将近是前面那些台阶的两倍高。一堵牢固的混凝土墙支撑着牢固的混凝土台阶。弗姆点了根火柴。台阶的表面平坦崭新，像是一个星期前才建好的。高高的野草拂过弗姆的双腿。野草上已经有露水了，潮潮的。火柴发出的光在他窝起的手里跳动。

“瞧，弗姆，瞧这台阶底下。”

赫伯特异常兴奋。在这种情况下，弗姆按他说的做了。他麻利地拍了拍赫伯特，反手拍了又顺手拍。赫伯特深深地吸了口气，忍住了呜咽。

弗姆又点了根火柴。

在台阶下，他看到一条死母狗和五条小死狗。母狗的嘴巴是张开的，牙齿露了出来。就是哈班斯几个礼拜前的那个下午碰到的那条。

它的眼睛毫无生气，非常恐怖。胸部和腹部是扁的。肋骨突出来，硬硬的。湿湿的黑泥巴粘在粉红色的乳房上。它的乳房瘪瘪的，松松垮垮，就像一个被刺破了的气球。小狗们都跟老虎一样。不管怎样，它们都死在母亲身边。

火柴灭了。

“它没有奶，没东西喂它们。”赫伯特说。

弗姆在黑暗中蹲在死狗旁边。“赫伯特，你说话跟女人一样。你以前没见过死东西吗？”

“大家只知道说‘狗，糊糊’，”赫伯特边抽泣边说，“没人知道怎么喂它。”

“你只能想到这些吗？赫伯特。食物？看来他们是对的。你知道的。”

“我们怎么处理它们？弗姆。”

弗姆笑了。“我有个很好的主意，赫伯特。”他站起来，划了根火柴，远离那些小死狗。“我要去拿把弯刀。”

“拿弯刀干什么？弗姆。”

“挖一个洞，把狗妈妈埋了。你是跟我去还是待在这里为小狗哭泣？”

“我跟你去，弗姆。别走。”

他们挖了个浅洞，把狗妈妈埋了。赫伯特修剪了一根树枝，将它折成两段，剥去树皮，系成一个十字。他将十字架固定在墓穴上。

弗姆将十字架拔出来。“你从哪里学来的？”

“他们在坟场上就是这么做的，弗姆。”

“呃，你是变成基督徒了还是怎么的？”

赫伯特知道自己错了。

“来吧，”弗姆高兴地说，“帮我把这些小死狗搬到车里。”

弗姆公事公办的态度让赫伯特镇静了下来。“弗姆，我们要五只小死狗干什么？”

弗姆笑了。“哈，小伙子，你会明白的。”

赫伯特信任弗姆。他知道，不管干什么，肯定会很有趣。

“但老虎怎么办？弗姆。我们能把它留在这儿吗？它会不会伤心？”

“现在能放老虎的地方只有这里了。别担心老虎。它会没事的。”弗姆自信地说。

他们很晚才到家，发现巴克什、巴克什夫人和吉拉在储物间。弗朗西斯老师也在那儿。弗姆吃了一惊。弗朗西斯老师以前只来过巴克什家一次，那次他说，如果拉菲克在学校里不振作起来，他也会像弗姆那样被开除。

“啊，”巴克什对弗姆和赫伯特闷闷不乐地说，“竞选干事和小男子汉。你们到哪里去了？这么晚才回来。我是要你们把狗送走还是要你们给它建座豪宅？”

赫伯特笑了笑。“我们竞选去了。”他朝弗姆使了个眼色。

“这证明了我说的有关选举的事情，夫人。”弗朗西斯老师对巴克什夫人说，“像赫伯特这么小的男孩没有权利出去竞选。”

巴克什夫人对老师特别礼貌。“我也总这么跟他们父亲说，老师。对不起，老师。”她转向孩子们。“你们的吃的都拿出来放在厨房里了。现在肯定已经凉了。”

赫伯特兴奋地跑上楼。弗姆吸了一口气，也跟了上去。

“我不是要反对你，巴克什先生，”弗朗西斯老师接着说，“但事实是，埃尔维拉的老百姓并不赞同选举是一种责任和特权。”这是他之前准备好的跟巴克什夫妇讲的部分内容。“责任和特权，夫人。”

“我也总跟他们父亲这么说，老师。听到老师说的了吗？巴克什。我一直跟他说，老师，说了上百次了，这次选举一开始对大家来说是甜的，但这种甜到最后会变酸。吉拉，你听到我跟你父亲这么说了吗？”

“听到了，妈妈。”

“是的，夫人。选举将各种成见都公开化了。都公开化了，夫人。”

巴克什夫人强壮有力的手臂交叉放在胸前，严肃地点了点头。“你说得太对了，老师。自我出生以来，还从来没有人到我家来——听着，是到我家——像金匠今天下午那样跟我说话。”

弗朗西斯老师说了他要说的剩下的话：“我时不时地思考类似的想法。时不时地思考。昨天晚上，我用一般性的语言——一般性的语言——跟吉德伦金小姐把我的想法说了出来。巴克什夫人，吉德伦金小姐把我说的每一句话都记了下来。用速记。”

巴克什夫人的眼睛睁得老大，慢慢地摇头，非常慢，摇来摇去，发出惊恐的笑声。“瞧瞧，哎，老师。用速记。”

“像奈莉·吉德伦金那样高傲的人肯定会做出那种掉价的事情。”吉拉说。

“巴克什夫人，吉德伦金小姐以为我是个法西斯主义者。”他顿了顿，他快说完了。“巴克什夫人，在你看来，我像个法西斯主义者吗？”

“不，老师。你看起来不像个法西斯主义者。不管怎么说，在我看来不像。”

吉拉说：“别为奈莉·吉德伦金烦恼，老师。她只是有点迷上男人了。像奈莉·吉德伦金那样的小个子瘦女孩有点喜欢男人。”

“对不起，老师。我得跟我的小女儿说一句。”巴克什夫人说。她转向吉拉：“嗯，是吗？小个子瘦女孩喜欢男人？你怎么知道？你自己喜欢男人吗？”她又转身对弗朗西斯老师说：“对不起，老师。现在的孩子们好像理智和廉耻心都被狗吃了。”

吉拉垂下头。

弗朗西斯老师谈到正题。“巴克什夫人，今天晚上，吉德伦金先生来见我。他面无表情地走进来，异常冷漠地跟我说，奈莉再也不会到我那里去上课了。我担心的不是钱，巴克什夫人。事实上，我不想人们误解我的观点。我得为我的工作考虑。”

确实，弗朗西斯老师担心的不光是每月十美元的收入。他知道，吉德伦金今天做的，埃尔维拉其他人明天就会效仿。如果所有家长都不送他们的孩子到他那里单独上课，那他就麻烦了。

弗姆手里拿了个搪瓷杯走下楼梯。

弗朗西斯老师说：“这就是为什么我来见你，巴克什夫人。我知道在这次选举中你丈夫和吉德伦金先生是一边的，如果你能跟吉德伦金先生说我不是真正的法西斯主义者，我会非常高兴。事实上，在这次选举中，我根本就没有支持任何一方。”

“这样最好，老天是知道的，老师。”巴克什夫人说。

弗姆大声冷笑。“哎，弗朗西斯老师，为什么你要我们去告诉金匠？为什么不请洛克胡去呢？他可以开着宣传车到处宣扬。”

弗姆第一次获胜。

他一直想轻蔑地拒绝哀求的弗朗西斯老师，他等了很长时间了。他曾经幻想过很多次这一刻。现实好像是定制的，而且很美妙。

弗朗西斯老师伤心地接受了指责。“洛克胡让我失望，伙计。夫人，又证明了我的观点。是选举毁了洛克胡。”

但这让弗姆第一次获胜。

“依我说，洛克胡是个可恶的叛徒。”弗姆说。

“没人问你，”巴克什说，“嗯，当心，我不希望在这屋里听到有人说洛克胡的坏话。”

弗姆感到迷惑不解。

巴克什说：“你，你出去竞选去了，是吗？为那个肮脏的印度教徒哈班斯竞选。你的廉耻让狗吃了吗？看来狗把我所有孩子的廉耻都吃了。”

弗姆说：“但你瞧。发生了什么事？你不是收了哈班斯的钱和所有东西吗？”

要不是弗朗西斯老师在那儿，巴克什早啐他了。“钱，是吗？钱给我带来很多好处了吗？很多好处！死十个。晚上的大狗早上就变小了。把它送走又回来了。很多好处！”

弗朗西斯老师知道那些话他白说了。找巴克什做他和吉德伦金的调停者对他无益。

弗姆说："好，我拿了哈班斯的钱，我替他说话。我还是会帮哈班斯。"

"我希望你帮哈班斯，"巴克什说，"我打算帮传教士。我不会阻止你干任何事。你是个大男人了。你尿尿起泡沫了。弗姆，你控制了多少选票？"

弗朗西斯老师呆呆地坐在那儿，一点也不高兴，他站起身，走掉了。

然后，巴克什讲了吉德伦金的到访。

"好吧，你支持传教士。"弗姆说。巴克什夫人注意到，弗姆第一次跟他父亲平等地对话。"传教士能给你什么吗？"

巴克什笑了。"不是传教士能给我什么。但你别担心，我已经计划好了一切。一切都计划好了。"

九　耶和华见证人的撤离

马哈德奥是个忧虑的人。他在埃尔维拉到处游荡，调查黑人的健康状况，生怕他们有人病了，或者更糟：去世了。

印度教徒误解了他的意图，怨恨他偏心。拉姆皮阿里的丈夫说："到底为什么只管黑人？印度教徒也生病的。"因此，虽然他收到严格的指示，不要去管那些印度教徒，马哈德奥还是列了一长串生病的印度教徒名单交给哈班斯。那是他的一个忧虑。

他最大的忧虑是老塞巴斯蒂安。

那天晚上，在达尼拉姆的游廊上，他还非常自信，觉得塞巴斯蒂安在投票前就会死去。在跟库费先生会谈前那些开心的日子里，他还一直对他满怀希望。每天早上，他经过塞巴斯蒂安的小屋，看到他坐在正门前没有靠背的厨房椅子上，嘴里叼了根没有点燃的短烟斗，用竹片编捕鱼笼。他做那项工作真是莫名其妙，也没什么用，因为塞巴斯蒂安跟大海没有丝毫关联，捕鱼笼只是放在院子里，然后烂掉。马哈德奥会问："塞巴斯蒂安，今天早上感觉怎么样？"塞巴斯蒂安会笑一笑——他很少说话——露出剩下的几颗牙齿，那几颗牙齿孤零零的，歪歪斜斜，好像嘴里发生过爆炸，将其他牙齿炸掉了。傍晚，在庄园里工作了一天后，马哈德奥又会从那儿经过一次，重复他的问题，塞巴斯蒂安又会笑一笑。

有些日子，马哈德奥感觉塞巴斯蒂安根本就不会死。

库费先生去世前的日子里，马哈德奥的确这么想过。

马哈德奥不信任库费先生，有点怕他。他老了，是个黑人，一个人住，布道，读《圣经》。马哈德奥永远也不会忘记小时候跟他那次令人不安的相遇。一个周六的早上，他到库费先生的院子里看他粉刷家里的墙壁。库费先生皱了皱眉头，小声说了句什么，但马哈德奥没有注意听。库费先生突然转身，猛地用刷墙壁的刷子朝马哈德奥脸上刷来。

现在，库费先生是塞巴斯蒂安的监护人。

塞巴斯蒂安看上去很老了，身体也很弱。马哈德奥真心实意问他的健康状况，塞巴斯蒂安突然透露说他病得很厉害。他全身到处都疼，关节硬硬的，脖子也僵硬，很危险。塞巴斯蒂安周围的东西看上去也都很危险——他坐着的椅子，他上方有些年头的茅草屋顶。马哈德奥请他小心点，不要被编捕鱼笼用的小刀弄伤了，不要拿重东西，不要在晚上有露水的时候走路，不要淋雨。马哈德奥给完建议后给他一先令，塞巴斯蒂安一下子就拿了，连感谢也没说一声，好像那钱是政府给的似的。

那天早上，弗姆碾死吉德伦金夫人那只脖子干净的鸡后，马哈德奥路过塞巴斯蒂安的小屋。他穿着他那身紧紧的卡其布套装，满身是汗。

塞巴斯蒂安没在家。

他忘了庄园里的劳工还在等着他给他们分配当天的任务。他急匆匆地经过那座摇摇晃晃的小桥，走进塞巴斯蒂安的院子。他得提醒塞巴斯蒂安注意那座桥：桥很危险，只是用一节一节的竹子搭起来的，上面堆了些泥巴。他敲了敲塞巴斯蒂安的门，没有回应。他试着推门，但上了锁。他绕着小屋走，但墙壁上的每一处缝隙都堵上了。是他建议他那么做的，好让塞巴斯蒂安别吹着风。

“塞巴斯蒂安！”马哈德奥大喊，“你还好吗？”

在茅草屋的墙跟屋檐之间，绕着小屋有一圈大概三英寸高的空隙。马哈德奥决定爬上去看看。他可以爬上那个很窄的窗台，希望窗台不会塌下来。他穿着套装往上爬。泥巴墙太滑，他抓不牢，绷紧的卡其布夹克衫限制了他的手臂。于是他脱了夹克，然后又脱了靴子。可墙还是太滑，窗台又太高，没法踩上去。他将右脚的大脚趾紧紧地贴在墙上，又试了一次。他感觉他脚趾下头的墙被他压得变形了。他往下看了看。原来他的脚刚刚在塞巴斯蒂安的墙上摁了个洞，那个洞离地面大概八英寸高。他从墙上下来，墙上的苦草丝挡住了他的视线。他把一个手指戳进那个洞。他还没来得及扒开草就听到路上有人喊。

“马哈德奥！你究竟在干什么？”

马哈德奥仍然趴在地上。他抬起头来。是库费先生。

“没干什么。”他说。

“马哈德奥，你着了什么魔，干这种傻事？”

马哈德奥爬起来，将他的光脚伸进没有鞋带的靴子里。

“考费先生，你今天早上看到老塞巴斯蒂安了吗？”

“没看到任何人。”库费先生闷闷不乐地说。“你这样到底在找什么？”

“我在找老塞巴斯蒂安，考费先生。”

“你总是这样找塞巴斯蒂安的吗？哎，马哈德奥，如果塞巴斯蒂安出了什么事，你会吃惊吗……”

这时，巴克什从马路那头喊道：“考费先生，听说科多巴的事了吗？”

“现在正要到那边去。”库费先生回答。

“我之前跟大家说了，但没人相信。大家只是到处说，巴克什是吹牛大王，嗯？”巴克什说。

“科多巴发生了什么事？”马哈德奥问。

库费先生看着马哈德奥。眼神就像他当年朝他脸上刷白石灰时那样。“那里昨晚发生了有趣的事情，马哈德奥。我听说有什么死了。”

马哈德奥目不转睛地看着他。

“让他去亲眼看看。”巴克什说。

马哈德奥一刻也没停留，朝科多巴飞奔。他还没到那儿就看到一群人挡在路中间。大部分是西班牙人——他从他们的穿着可以看出——但也有些是从埃尔维拉过去的。

人群围着路上的什么东西，围了一大圈。西班牙人不说话，但显得有点不安。看到外圈有埃尔维拉人加入他们的队伍，他们其实显得有点高兴。

大家都盯着马哈德奥看，为他让出一条道来。

“看，”他听到有人用刻薄的西班牙方言说，“让他好好看。”

五条小死狗对称地摆在泥马路上画出的一个大十字架上。一条摆在十字架的中间，其余四条摆在十字架的四端。下方用粗体字写着：觉醒。四周，在木栅栏和涵洞上，科多巴还有弗姆之前涂的红标语，有些地方被擦掉了，只剩下：死！死！

马哈德奥汗流不止，气喘吁吁，深深地叹了口气。

西班牙人怀疑地看着他。

“我还以为是塞巴斯蒂安。”马哈德奥说。

周围全是低语声。

马哈德奥感觉有人拉了一下他套装的袖子。他转身发现是塞巴斯蒂安，后者正微笑着，嘴里叼着空烟管。马哈德奥差不多是抱住他。“塞巴斯蒂安！你在这儿！你没在那儿！”

低语声更大了。

对马哈德奥来说，幸运的是巴克什和库费先生正好在那时赶来，弗姆也正好开车过来，开始为竞选做宣传。

弗姆说：“是那些耶和华见证人。她们不能影响别人，所以她们到科多巴来鼓动可怜的西班牙人。让他们不要投票，让他们反政府。谁之前看见白种女人骑着红色的自行车，发绿色的书？”

巴克什没有考虑政治上的事情。“啊哈！”他大喊，“啊哈！看看那些狗。说了跟我的狗是同样的颜色，同样的体形，什么都是同样的。但没人愿意信我。嗨，现在看看。”

库费先生用手在胸前画十字。“马哈德奥，是你干的吗？”

“不是我干的，考费先生。我刚来，就看到了。”

“想知道吗？”巴克什说，“虽然这些狗今天早上看起来很小，他们昨天晚上是大狗。我跟你们说，伙计们。那天晚上进屋。十一点。我打开门。看到了那条狗，很大很大，到处走动，没有一点声音，看起来很狡猾……”

“是那些可恶的耶和华见证人干的。”弗姆说。

“……第二天早上，就成了小狗。”

“耶稣说，让恺撒的归恺撒。耶和华见证人跟你们说的不一样。”弗姆说。

“我常说，上帝造人原是正直的，但他们却发明了很多诡计。”库费先生说。

一个西班牙人问：“但是她们打算对我们做什么？”

“对你们！”弗姆说，“对你们！她们还没开始。她们不是说世界会在一九七六年爆炸吗？你们不是听到了吗？她们说，你们听。好啊，瞧瞧。”他指着那些小狗。

巴克什说：“没人能对我做什么。我知道怎么对付他们。我的狗没有死。”

印刷商哈理查德穿着工作服走过来。

“哈，”他说，“又是些小狗。”他蹲下来，像侦探那样检查地面。“死的，嗯？醒着，嗯？”他站起来。“耶和华见证人。严重。非常严重。只有格涅沙能对付这种事情。”

“但我们要做些什么？哈理查德先生。”

“做什么？嗯？你打算做什么？”哈理查德想了想。“不要给耶和华见证人吃的。”他果断地说。“别给耶和华见证人吃的。有意思，五条那样的小狗。跟你们家的那条狗很像，是吗，巴克什？”

巴克什笑了笑。“告诉他们关于狗的事，哈理查德。把那个征兆也告诉他们。”

哈理查德说：“是的，埃尔维拉人确实觉醒了。但不要给耶和华见证人吃的。”

巴克什说：“但你以前跟我说是传教士把第一条狗送到我那儿的，哈理查德。”

哈理查德马上回应：“原话不是那样的。我当时说有位传教士在向你施巫术。没有说是什么样的传教士。印刷的活儿怎么样了？巴克什。我跟你说，如果哈班斯想要我的选票，他就得让我印。”

“哈班斯可以滚蛋了。”巴克什说。

哈理查德大笑。“选举的事情，是吗？你改变立场了？你现在支持谁？”

“传教士。哎，你没听说那场闹剧吗？”巴克什说。

库费先生响亮地啐了一口。“巫术！巫术！”

西班牙人惊愕地看着。

“巫术！”库费先生大声说，“你们都想施巫术。一开始是洛克胡，现在是你，巴克什。明天我就会听说哈班斯也到传教士那一边了。你们所有人只是把传教士先生当木偶耍。马哈德奥！”库费先生叫道，“你也在施巫术，是吗？”

“我什么也没施，考费先生。”马哈德奥转向塞巴斯蒂安。“来，塞巴斯蒂安，我们回家。”

塞巴斯蒂安笑了笑，退了一步，躲开马哈德奥的手。

马哈德奥跟过去。“来，塞巴斯蒂安，你这样只会让自己很累。你应该回家休息，伙计。”他将一先令塞到塞巴斯蒂安的手心。塞巴斯蒂安笑了笑，让马哈德奥把自己领走了。

库费先生大喊：“好好照顾他，马哈德奥，听到没有？”

随后，大家看到吉德伦金朝科多巴走来。

他穿着那套走亲访友的套装。

候选人哈班斯听说巴克什和吉德伦金吵架了，中午便急急忙忙赶往埃尔维拉。他不想激怒争吵的任何一方，所以径直去了梵学家达尼拉姆那儿问清事情原委。

这天，达尼拉姆的身份不是梵学家。他有别的身份，更实在，是拖拉机五分之一的股东。他没有系腰布和圣带，而是穿了卡其布裤子、黄色的运动衫，戴了顶褐色的毡帽，穿一双褐色漆皮鞋。当哈班斯开车上去时，达尼拉姆正站在阳光照耀下的屋前台阶上，在哼一首他特别喜欢的圣歌：

清香的暖风
轻吹锡兰[1]的岛屿；
各处景色真秀美，

①斯里兰卡旧称。

唯有人邪恶；
天父的恩典
纵然广施人间，
愚昧的异教徒，
反去崇拜草木。

他正要离开，但还是留下来告诉哈班斯有关弗姆和奈莉，以及巴克什和吉德伦金之间的事情。

比起失去未来儿媳妇的名誉，哈班斯更在意失去巴克什和那一千张穆斯林选票。达尼拉姆一点也不吃惊。

“在以前，”达尼拉姆说的是奈莉，他在进一步试探哈班斯，“你可以信任印度女孩。现在什么都变得时髦起来，都乱套了。瞧，哈理查德前几天才跟我说，他去了圣费尔南多，到那里的夜总会转了转，他看到印度姑娘……”达尼拉姆放低声音，“他看到印度姑娘在大庭广众之下勾引，”为了让他的话押韵，他又重复了一遍，“在大庭广众之下勾引男人。”

“在大庭广众之下勾引，啊。”哈班斯心不在焉地说。“哦，哦。给我拿铅笔和纸来。”

“新娘！”达尼拉姆边喊边松开他的黑皮带，然后坐在长凳上。“铅笔和纸。快点。”

新娘拿出几张褐色的纸以及那支在顶部凹槽处系有绳子的旧铅笔，不耐烦地说：“你为什么不把铅笔系在腰上呢？”达尼拉姆还没来得及说话她就跑回厨房去了。

“看到没有？”达尼拉姆说，“她丈夫离开她到英国学习，去了才两年。你看她变成了什么样子。要是在以前，你觉得儿媳妇能那样跟公公说话吗？实际上，”达尼拉姆又低声说，“如果她自己找不到对象，我不会感到奇怪。”

“哦，哦，达尼拉姆，你不能那么说！”哈班斯盘腿坐在地上，在褐色的纸上计算着。“我们失去了穆斯林的选票。那是一千张。我们也得不到黑人的选票。两千加一千等于三千。因为那个叛徒洛克胡，大概有一千印度教徒会选传教士。因此，传教士有四千张选票。我有三千张印度教徒的选票，西班牙人不会投票。”他将铅笔扔到地上，达尼拉姆把它捡起来。哈班斯平静地说：“我选举失败了，梵学家。”

达尼拉姆笑起来，将他的皮带又放松了些。“让我看看那张纸。”他说。他趴在地上，算出了结果。他脸上显出困惑的表情。“是的，你输了。看起来是你输了。”他用手捂住自己的脸。“搞不明白，伙计。在我看来是一件很确定的事情。非常确定的事情。”

哈班斯将手指掰得啪啪作响，然后掌心朝下，研究起手背上的灰白毛发和皱纹来。“我老了，”他说，“我选举失败。不过如此。没什么好伤心的。”他抬起头朝达尼拉姆笑，露出了假牙。

达尼拉姆回应他，笑了笑。

哈班斯情绪崩溃了。“传教士在这次选举中打败我花了多少钱？”

“这民主真他妈的有趣。”达尼拉姆说。

就在这时，洛克胡开着他的宣传车过来了。“传教士获得了新的支持。女士们，先生们，这里是洛克胡之声。敌人的势力变弱了，传教士会赢……”

达尼拉姆的老婆在她房间里用印地语问："他在说什么？"

达尼拉姆给她翻译了一下。

新娘理了理面纱，光着脚冲了出来。

"进去，新娘。"达尼拉姆说，"不是结了婚的女人该听的事情。"

她没有马上听从他的指令。

"这里，"达尼拉姆说，"把这纸拿回去。还有这铅笔。"

她差不多是一把抓了过去。

"看到没有？"达尼拉姆说，"明白我跟你说的了吗？只要听到男人的声音，她就会兴奋好长时间。"

洛克胡一边轰隆隆地开车离去，一边喊："呀！我们要活埋哈班斯！"

哈班斯一直低头看自己的双手。

达尼拉姆又坐在长凳上，点了根烟，晃起腿来。严重的形势让他害怕。他不能让眼里的光泽暗淡下去，他不时地笑笑。

来了一位客人。

哈班斯说："如果你想来见我，走开。我没钱给你了。"

来客是马哈德奥。他还穿着套装，手里拿了顶被汗渍浸透的卡其布遮阳帽。他大大的眼睛悲伤地看着地面，脸颊看起来有点肿，厚厚的胡须在丰满的小嘴上方时不时地抽动一下。

"坐。"达尼拉姆说，好像他是在邀请马哈德奥去守夜。

"我从金匠那里带来了消息。"马哈德奥说。

哈班斯甩掉眼泪。"你真忠心，马哈德奥。"

马哈德奥悲伤的眼睛看起来更悲伤了，丰满的嘴唇变得更丰满了，他的眉毛紧锁着。"是关于拉姆皮阿里的丈夫。"他犹犹豫豫地说，“他病了。病得很厉害。”

“拉姆皮阿里的丈夫是印度教徒，你很清楚。”达尼拉姆说。

“啊，马哈德奥，”哈班斯含泪微笑着说，“你也不忠诚了？”

“是的，哈班斯先生。不，哈班斯先生。但金匠，吉德伦金先生以前答应过拉姆皮阿里的丈夫，说你会去看他的。他病得很严重。他的脚被锄头挖伤了。”

哈班斯低头看着自己的双手。“我再没钱给任何人了。我只须还了拉姆劳干的朗姆酒钱，然后离开埃尔维拉再也不回来。为什么我还要为竞选奋战呢？”

“是上帝的安排。”达尼拉姆说。

“上帝的安排到底是什么鬼东西？难道是上帝安排传教士在竞选中打败我？传教士花了多少钱？你说那是上帝的安排？”

“传教士去看了拉姆皮阿里的丈夫。”马哈德奥说。

哈班斯跳了起来。“传教士无权管印度教病人的闲事。”他在游廊上走来走去，发出很大的声响，达尼拉姆的老婆在里屋抱怨。“好吧，”他说，“黑人病人名单你列得怎么样了？”

马哈德奥犹犹豫豫的。

之前提议说要照顾黑人病人的达尼拉姆不再晃腿。

马哈德奥解释了有关库费先生的事情。

哈班斯沉默了一会儿。然后他爆发了：“叛徒！间谍！哈！哈！马哈德奥，我要你留意生病的黑人，今天来却发现你在养他们。”他摇了摇一根细长的手指。“但别担心。我不会哭了。我已经在埃尔维拉付出了巨大的努力。我要跟你们所有人斗。你们谁也不能让我在选举中落败。”

达尼拉姆的腿又开始晃。他大口吸烟，眼睛闪闪发光。

后来，哈班斯的斗志好像消退了。“好吧，”他顺从地说，“好吧，假如我去见拉姆皮阿里的丈夫，”他冷笑了一声，“我付探望费，用什么保证拉姆皮阿里的丈夫选我？”

达尼拉姆站起来，用脚将烟踩灭。“哈，最主要的是付探望费。”

哈班斯心不在焉地走了。

“埃尔维拉人很有意思，但我能为他们说一句话：你不用贿赂他们两次。”达尼拉姆边系紧腰带边说。

“那巴克什呢？”

“巴克什，”达尼拉姆说，“是埃尔维拉的耻辱。”

他们去见吉德伦金。

他们发现吉德伦金穿着家居服，安安静静地，态度很温和，在游廊上摇摇椅。显然，他心境极佳。

“谁说西班牙人不投票？”吉德伦金问。然后他跟他们讲了科多巴死了五条小狗的事情。“那两个白种女耶和华见证人一大早就骑着她们花哨的自行车来了。西班牙人没跟她们说话，也没看她们。那五条死了的小狗躺在路上。西班牙人进屋锁上门。那些白种女人不得不离开。谁说西班牙人不会投票？”

哈班斯掩藏起自己的欢喜。他不想再冒险了。

达尼拉姆算了一下。“现在我们跟传教士的票数持平了。每人都是四千票。”

吉德伦金摇着摇椅。“等一等。留意看传教士会不会失去他的保证金[①]。”

哈班斯说：“金匠，我早该告诉你的。”然后他透露了他几周前遇到的征兆：耶和华见证人，那条黑母狗，还有车子熄火的事。

吉德伦金挖苦地笑了笑。“你应该告诉我的，哈班斯先生。你可以省掉我们很多烦恼。一个征兆是不好的。但如果你一天里有两个征兆，就不同了。他们相互抵消了。就像狗抵消了耶和华见证人一样。”

达尼拉姆想要吉德伦金讲讲跟巴克什吵架的事。他说：“我总说，我们可以把穆斯林的选票给传教士。没有巴克什和巴克什的儿子，我们照样能行。”

“达尼拉姆，”吉德伦金说，“你知道我的。我喜欢实话实说，谁想生气，让他们生气好了。但你说话像个傻瓜似的。科多巴那些死掉的小狗，你觉得是谁放在那里的？”

“难道是弗姆？”哈班斯说，“哦。你的意思是弗姆还是可靠的？”

“但我想你跟他父亲吵架了，伙计。”达尼拉姆说。

“跟他父亲吵了，是的。但没有跟他吵。”吉德伦金瞟了哈班斯一眼，“是他父亲让他去试一试的。”

达尼拉姆皱了皱眉头，慢慢地晃起腿来。“不是那样的。巴克什想要的不止那些。他心里还有别的想法。”

吉德伦金的木鞋在地上啪啪作响。“他当然有别的想法！巴克

---

①英国的选举制度规定，一旦提出候选人申请且经审查符合资格，候选人应交一定数额的保证金。如果在选举中获得足够的基本选票，这笔保证金会退还给候选人。

什不是傻瓜。他已经算计好了一切。”

达尼拉姆又开始试探。他将头偏向一边，说：“我好像听到小奈莉在里面走动。她今天没去上学吗？”

吉德伦金没有看达尼拉姆，而是朝哈班斯那儿看，他低着头，心不在焉的。吉德伦金说：“她今天没去上学。毕竟，她实际上已经订婚了。”

哈班斯没有抬头。

“我说，奈莉实际上已经订婚了，我怎么还能让她上学呢？”吉德伦金慢悠悠但语气很坚定地说。

哈班斯醒悟过来。“不合适，”他赶紧说，“尤其是女孩实际上已经订婚了。”

吉德伦金以胜利者的姿态看着达尼拉姆。

那些耶和华见证人再也没有在科多巴和埃尔维拉出现过。

十　新候选人

竞选形势大变。

传教士挨家挨户登门拜访。库费先生每周五晚上做有关政治的布道。洛克胡在整个选区卖命宣传。

吉德伦金重访科多巴，将耶和华见证人引诱走的选票赢了回来。弗姆对哈班斯忠心耿耿，开着宣传车到处转悠，巴克什和巴克什夫人也都没有反对。哈理查德得到了印海报的订单。梵学家达尼拉姆只要主持印度教的仪式就力劝听众给哈班斯投票。

马哈德奥时时刻刻小心翼翼地关注着老塞巴斯蒂安。这人好像在一天天萎缩，马哈德奥每周给他五先令或两美元买药。

哈班斯做出让步，同意拜访印度教病人。每次到埃尔维拉见到马哈德奥，他总是先问："哎，今天有多少个印度教病人？各种探望费是多少？"马哈德奥会拿出他那本红色的小本子说："孟戈尔今天不太好。两美元可以搞定。卢奇曼抱怨说肚子疼，他一大家子人，全家有六票。我想你最好给他十美元。至少给五美元。拉莫塔也在胡闹。不过他很无知，连叉也不会画，肯定会搞坏他的选票。不过还是给他一美元吧。这样会让人觉得你关心别人。”

哈班斯在拉姆劳干酒铺里开的朗姆酒户头上的账目一路飙升。不过，拉姆劳干向所有喝酒的人声明，他公平对待每一个人。“这场选举狂欢一结束，”他说，“我得跟大家一起生活，不管他们投票给谁。”吉德伦金从来没进过酒铺。他和弗姆设计了朗姆酒券，那种券只能在拉姆劳干的酒铺里换酒。哈理查德负责印那些酒券。

老虎在可可屋里很安全，没过多久便恢复过来，开始茁壮成长。

但巴克什对选举什么也没做。埃尔维拉上千个穆斯林选民希望他领头，但没有成功。他既没有帮传教士拉票，也没有发起反对哈班斯的运动。他待在店里缝了几十件卡其布衬衫，闷闷不乐地专心干活。他拒绝谈论选举，几乎拒绝和别人说话。他突如其来的沉默寡言引起拉姆劳干朗姆酒铺里很多人的关注和钦佩。不过，如果他不怎么说话，他的动作会更大。他取下厚厚的眼镜，猛地放在柜台上，咂咂嘴唇，扭曲着脸，好像大桶装的朗姆酒尝起来是蓖麻油的味道。他不停地吐痰和打嗝，身子朝前弯，鼓着腮，揉着肚子，看上去很痛苦的样子。当人们问他选举的事情时，他只挤出一丝怪怪的、带讽刺意味的微笑。总而言之，他的行为举止像一个心中有重大秘密的深沉的人。

巴克什的行为最终惹恼了巴克什夫人。“你让大家都取笑你。

当这场胡闹的选举开始时，你谁也没问，既没往右看，也没往左看，你就跳进去了。现在，当所有人洗了脚跳进去时，你却保持沉默，像一只孵蛋的母鸡一样坐在你肥肥的尾巴上。”

“是，我确实什么都没做。你想让我做什么呢？你以为两杯廉价的格罗格酒[①]就能愚弄我？要知道，我考虑问题不是为我自己。如果我想在这次选举中捞点什么，也是为了你和孩子们，听到没有，不是为我自己。”

巴克什夫人讽刺地说：“连小弗姆到月底都能拿回七十五美金。”

巴克什不说话，也不行动，让哈班斯和他的竞选委员会大为担心，就像担心传教士悄无声息地竞选一样。

关于巴克什的消息经常传到竞选委员会。

有些很夸诞。“巴克什说，他只须在埃尔维拉走一遭，把他知道的说出来，大家就会忘了哈班斯。”

有些很模糊。“巴克什说，他不会做什么让哈班斯选举失败的事。哈班斯自己会做。”

有些是威胁性的。“巴克什说，哈班斯可以在选举前做他想做的事情，但他在选举日会落选。”

但巴克什本人什么也没做。

只有吉德伦金一个人不为所动。他说：“巴克什不是傻瓜。他知道他想要什么。悲哀的是他会得到他想要的。但我们一定不能先行动。如果我们先行动，我们就是在自降身份。”

---

①一种用水稀释过的朗姆酒。源自英国海军上将爱德华·弗农（绰号“老格罗格”），他命令将稀释过的朗姆酒供应给他的海员。

有两件事让弗姆不开心。

他本来想向吉德伦金坦白，是他碾死了那只脖子很干净的小鸡，但他没有勇气。然后就是奈莉。他对她特别有负罪感。吉德伦金已经把她从学校接回来，不准她去任何地方。她整天待在家里。

如果吉德伦金对他冷淡一点，弗姆也许会坦白那只鸡的事情。但令人吃惊的是，吉德伦金对他越来越友好。他鼓励弗姆去拜访他的豪宅，还给他端来很多甜饮。只是，现在是吉德伦金夫人做这些事了，不是奈莉。弗姆的反应是明确表明他对奈莉不感兴趣。他经常说一些不相干的话，他说他不能理解人们为什么要结婚，他对婚姻一点兴趣也没有，甚至对女孩子都没什么兴趣。吉德伦金似乎赞同。“嗯，我跟你父亲之间的事情同你无关。”

后来，当吉德伦金认为他已经向埃尔维拉所有人都证明过，奈莉的名誉是可靠的，弗姆是个他绝对信任的好男孩，巴克什是个嫉妒心很强、爱惹麻烦的人，他把奈莉送去西班牙港，和他的律师妹夫待在一起。

自那以后，他就成了一个孤独的人。在外面，他穿着走亲访友的套装拉选票，他是那个有权威的金匠，是那个了不起的选票控制者。但在家里，他穿着破旧的卡其布裤子、打了补丁的衬衣和木鞋。弗姆知道他是个悲伤且自卑的人。他再也没有冲到游廊的围栏边朝拉姆劳干大喊。他听着他的鸡在拉姆劳干的院子里被赶，被打，发出尖叫声，但他什么也没做。

一天，弗姆在豪宅里，一个面包果和三个熟透的鳄梨掉在屋顶上。弗姆等着。吉德伦金仍然摇着摇椅，假装没有听到。

弗姆决定坦白。

他说：“金匠，那只脖子很干净的鸡……”

“哦，那个，”吉德伦金手一摆，急于打发这个话题，“已经煮了吃了好久了。没有病的，你知道。”

“早该跟你说的，是我杀了它。被我的宣传车撞死的。”

吉德伦金在摇椅里顿了一下，脸上掠过一丝既惊讶又轻松的表情，然后继续摇摇椅。再次说话时，他没有看弗姆。“好，你无疑是杀了它。但谁希望看到它死呢？”

弗姆没有回答。

吉德伦金朝拉姆劳干的院子里疲惫地挥了挥手。“他。他希望看到它死。如果鸡现在死了吃了，那不是你的本意。”

弗姆没有明白吉德伦金的逻辑，但看到吉德伦金的心情没那么沉重了，他感到高兴，没那么难过了。

弗姆说：“拉姆劳干看到鸡死了真的很伤心。他第二天告诉了我爸爸。他跟我爸爸说，然后我爸爸告诉了我。拉姆劳干说，他从那只鸡孵出来就认识它了，他看着它长大。他说那只鸡对他来说就像个小孩，它死了是他个人的损失。”

吉德伦金看起来不怎么难过了。

三年来时断时续越吵越激烈之后发生的那场大争吵，实际上已经让吉德伦金不那么恨拉姆劳干了。他从来不确定是拉姆劳干杀了他的鸡，但是，在那之后不久，当吉德伦金在橱柜里发现老虎之后，他觉得必须马上做点什么了。现在，他意识到他的谴责是多么可恶。拉姆劳干已经在那场争吵中理所当然地赢了他，而且会在以后的每次争吵中赢他：比起他对篱笆的所有权或是他在最高法院的亮相，奈莉的丢脸是争吵时更有杀伤力的口实。

他的仇恨已经够了。他想改变他跟那人的关系。他叫来吉德伦金夫人，说："那个掉下来的面包果，还有那三个鳄梨，把它们捡起来，放在我从圣费尔南多带回来的篮子里，送去给拉姆劳干。"

吉德伦金夫人没有表现出吃惊。她无法理解吉德伦金的做法。

她把果子放到篮子里，然后拿过去。拉姆劳干的店开着。大清早，店里没有客人。

拉姆劳干正在看《哨兵报》，他头发浓密的大脑袋低着，毛发浓重的大手按在有缺口且沾满油污的柜台上。当他看到吉德伦金夫人时，他继续全神贯注地看报，边看边"哼"了一声，同时搔了搔脑袋，发出加拿大康复油的香气。实际上，他深受感动，只不过是想掩饰一下。他也准备和解了。他以前总想伤害吉德伦金，但现在伤害了，他又很后悔。他知道，自己攻击吉德伦金女儿的名誉，已经很过分了，他感到羞愧。

"啊，夫人。"他最后说，一边抬起头来，将《哨兵报》放在柜台上弄平整。

吉德伦金夫人把那篮水果放在柜台上，然后得体地将面纱扯到前额。

"面包果。"拉姆劳干说，好像他以前从来没有见过这种水果一样。"面包果，哦。还有鳄梨，嗯？鳄梨，一个，两个，三个鳄梨。"

他用一根粗粗的食指按了按一个鳄梨。“也熟了。”

吉德伦金夫人说：“他让我送的。”

“我最喜欢好鳄梨和面包果了。最喜欢了。”

“是的，它们很好。”吉德伦金夫人说。

“比什么都好。”

“他让我送的。他要我去捡起面包果和这三个鳄梨，用这个篮子装好给你送过来。”

拉姆劳干用手摸了摸篮子。“漂亮的篮子。”

“他从圣费尔南多带回来的。”

拉姆劳干将摆在满是油污的柜台上的篮子转过来。“非常漂亮的篮子，”他说，“是那个瞎子做的吗？”

“他说我得把篮子带回去。”

拉姆劳干将篮子腾空，把水果抱在胸前。吉德伦金夫人看着篮子被腾空，看着水果贴着拉姆劳干的脏衬衫挤成一堆。然后她看到那堆水果被挤得撞来撞去。

拉姆劳干在哭。

吉德伦金夫人也满怀同情地哭起来。

“我们是坏人，夫人。”拉姆劳干抽噎着说。

吉德伦金夫人用面纱的一角擦拭眼睛。“每个人都有好的一面。”

拉姆劳干把水果抱在胸前，猛烈地摇头，泪水落在面包果上。“不，不，夫人，我们坏的多，好的少。”他又掉了一些眼泪，然后抬头望着被煤烟熏得乌黑的镀锌铁皮屋顶。“上帝，我问你，告诉我为什么我们这么坏。”

吉德伦金夫人不哭了，将篮子从柜台上拿下来。“他在等我。”

拉姆劳干低下头来。“他在等？”

她点了点头。

拉姆劳干跑着将水果拿到后屋，然后跟着吉德伦金夫人出了店铺。

吉德伦金正斜靠在游廊的墙上。

拉姆劳干喊道：“你好，兄弟！”

吉德伦金招了招手，脸上的笑容展开了些。“你还好吗？兄弟。”

“好，兄弟。她带给我面包果和鳄梨。还是熟了的鳄梨，兄弟。”

“我看它们也是真的熟了。”

拉姆劳干离铁丝篱笆很近。他有点犹豫。

“没事，兄弟，”吉德伦金说，“我的篱笆就是你的篱笆。”

“很好的篱笆，兄弟。”

吉德伦金家的两名工人非常吃惊。他们停下手中的活，直接坐在遮阳棚下的水泥露台上观看，刚才正在加工的手镯放在脚趾之间。

拉姆劳干厉声对他们说：“你们到底怎么啦？金匠请你们来是管别人闲事的吗？”

他们赶紧去敲打手镯。

吉德伦金在游廊上说：“让他们等我下来。”他噔噔噔从前面的台阶下去。“在这个时髦的时代，每个人都想不劳而获。我的每一分钱都是我自己挣来的，现在，这些人整天抱怨他们穷，表现得好像别人在剥削他们似的。”

拉姆劳干紧紧地抓住篱笆，表示赞同。“时代在前进，兄弟。

正如谚语所说，每个人都是平等的。不动脑工作的人，和那些动脑工作的人。每个人都是平等的。”

拉姆劳干邀请吉德伦金到他店里，让他坐在柜台前一个空朗姆酒板条箱上。他给了他一杯葡萄汁，因为他知道吉德伦金不喝烈酒。

他们谈到这个时髦时代的堕落，一致认为民主是件蠢事，然后他们谈到选举和巴克什。

吉德伦金轻轻地抿了一口葡萄汁——他还是觉得拉姆劳干不讲卫生——说："这种民主只对巴克什那样的人有利。事实上，我说它只对黑人和穆斯林有利。那两群人从来不主动为自己谋好处，可你一旦弄到点甜头，他们就问你要。如果你不给，他们就生气。”

拉姆劳干想起了哈克，对吉德伦金的话表示赞同。

“如果你给他们，”吉德伦金接着说，“他们也不会感激。”

“正如谚语所说，无论你怎么洗一头猪，你都不能让他变成奶牛。如谚语所说。”

“你看巴克什，埃尔维拉的其他人在为某个人投票前只要求得到一次小小的帮助。只有巴克什想要三次。”

拉姆劳干搔了搔头。“三次贿赂，兄弟？”

“三次。巴克什已经计划好了一切。”

“老人过时了，但他们在很多事情上都是对的。我父亲临死的时候告诉我永远不要相信穆斯林。”

“穆斯林、黑人。一个也不能信。”

他们谈到这些种族不感恩和背叛的故事。吉德伦金离开时，他和拉姆劳干成了好朋友。

从那以后，拉姆劳干每天早上起床后都要走到院子里喊一声：“你还好吗，兄弟？”吉德伦金来到游廊上回应：“很好，兄弟。你呢？”

很快，他们就互称对方“哥们儿”。

后来，拉姆劳干有了个不恰当的想法。除了别的事情，他还想做一件事来巩固他和吉德伦金的友谊。一天，他宣布他会送一箱威士忌给获胜候选人的竞选委员会。他没有具体说是哪位候选人，因为他希望保持公正的立场，但他相信哈班斯绝对会赢。吉德伦金明白他的意思，对他表示感激。听说有人这么大方，而且这人甚至不是候选人，埃尔维拉其他人大为惊讶。这是拉姆劳干附带的目的之一。

他说了很多有关他提供威士忌的事情。这件事将会引起灾难性的后果。

直到提名日前一周，巴克什才摊牌。两条有关他的消息间接地传来。

首先，弗姆宣布：“爸爸说，他在考虑自己上阵去参选。”

“可恶的叛徒！”哈班斯说，然后又平静地补充了一句，“但他没有机会，他只控制了一千张穆斯林的选票。”

“他自己也那么说，”弗姆说，“他说那是他竞选的唯一阻碍。”

后来有一天，拉姆劳干在午餐时间急急忙忙跑到吉德伦金家，小声对他说（虽然没必要小声）：“哥们儿，巴克什今天来我店里了，他问我，如果他去参加选举，我会不会投票给他。”

吉德伦金问：“他让你告诉我？”

拉姆劳干用更小的声音说：“他其实要我别告诉你，哥们儿。”

“他有没有再三强调要你别告诉我？”

吉德伦金这么精，拉姆劳干看上去有点惊讶。“他确实一再要我别告诉你。这就是为什么我过来告诉你。”

吉德伦金只简单地说了句：“哦，巴克什现在只是想得到第二次贿赂而已。”

当哈班斯来到埃尔维拉时，吉德伦金跟他说：“哈班斯先生，你可以记住我这句话，你会赢得选举。”

哈班斯不想表现出激动的样子。

吉德伦金说：“巴克什传来了消息。”

“又来了一个消息？”

“他想去参加选举。”

“哦。”

“你得去见他，并且要装出你求他去参选的样子。只要穆斯林不投票给传教士，我们就赢定了。”

哈班斯笑了，冲吉德伦金晃了一下手指。“哦，你是个聪明人，金匠。哦，哦，分散对手的选票，是不是？”

吉德伦金点了点头。“不过你去看他时，不要把手伸进口袋。什么都不要做，直到你看到一切都铁板钉钉。”

哈班斯去见巴克什。

他正坐在门口的缝纫机前，那里亮一些，他正在全神贯注地工作。

哈班斯柔声说："啊，巴克什，你还好吗？我听说你在考虑自己参选。"

巴克什从他正在做的衬衫上咬掉了一根松掉的线头。线塞在牙缝里，他冷冷地笑了一声。"嗬！我？我去参选，像我这样的穷人？那个给你传达消息的人传达错了。我没有钱去参选。选举对我这样的穷人没用。"

哈班斯又柔声说："尽管如此，巴克什，你考虑参选就说明你是个有雄心壮志的人。我喜欢有雄心壮志的人。"

"你真是太好了，说我这种好话，哈班斯先生。不过事实是，如谚语所说，我只是没有钱。光保证金就要二百五十美元。还有海报、拉选票的人、代理人。要花很多钱，哈班斯先生。"

"哦，不超过五百美元。"哈班斯停了一下，"第一次尝试。"

"别忘了还有两百五十美元的保证金。"

"是的，伙计。两百五十美元加五百美元。是吗？"

缝纫机又嗡嗡转起来。巴克什若有所思地缝衣服，摇了摇头。"选举比那贵多了，哈班斯先生。你自己知道的。"他拿起衬衫，又咬掉一根线。"我说要三千美元，加上保证金。"

哈班斯不安地笑起来，几乎将手放到巴克什俯下的肩上。"哦，哦，巴克什。你在开玩笑呢，伙计。第一次小尝试就要三千？一千。"

"两千五百，加上保证金。"

“两千五，哦，巴克什，好吧，伙计，一千五。”

巴克什又缝起衣服来。“在过去，你知道，哈班斯先生，在战前，你拿六分钱去商店能买一块面包、一些黄油和一罐沙丁鱼，讲价的话甚至还可以再买一包烟。现在六分钱只能买一瓶可口可乐。我有个大家庭。我不能拿一千五百美元去竞选。”

“你不会想要超过两千美元，巴克什，”哈班斯说，声音里的温柔不见了，“如果你不小心点，你还要另外去找保证金的钱。”他又柔声说：“两千，巴克什，怎么样？”

“加上保证金。”

“加上保证金。”

“这将不是一场为两千美元的战斗，哈班斯先生，我提醒你，我是一个有大家庭的人。”

“这是第一次尝试。”哈班斯说，“你可以一直试。这种民主不会爬起来就跑了。”

巴克什不停地缝衣服、咬线，缝衣服、咬线。“如果我可以马上开始竞选就好了。”

哈班斯想起了吉德伦金的警告。“哦，但你好像没有耐心，伙计。马上？稍微等一等吧，伙计，巴克什。我们永远不知道从现在到提名日会发生什么，是不是？”

令人吃惊的是，巴克什表现得非常顺从。“应当公正才是。提名日之前什么都不用。两千，加上保证金。”

“加保证金。”

巴克什夫人走进商店，用一把稀疏的大梳子梳她的长头发。

哈班斯走神了。

巴克什夫人将头发放在紧身衣服前梳着。水珠在屋里飞溅。她将梳子上的头发清理干净，将它们揉成球状，在上面吐了几次口水，然后丢到屋角沾满灰尘的杂物堆里。

缝纫机嗡嗡地转着。

巴克什夫人说：“我还在想，是谁在说话。”

哈班斯抬起头来：“啊，哦，你好吗？巴克什夫人。”

“勉勉强强还行。选举活动怎么样了？”

“哦，就那样。我们想让你丈夫参选。”

巴克什夫人不梳头了，将头发甩到肩膀上。

巴克什继续缝，没有停下来咬线。

“巴克什，我到底听到了什么？”

“听到？哈班斯先生来这里求我参选，就是这事。”

“哈班斯先生求你？巴克什，你知道你在说屁话吗？”

“对他来说会是一次很好的经历。”哈班斯朝巴克什夫人笑了笑。巴克什夫人没搭理他。“哦，两千美元。”

“加上保证金。”巴克什对巴克什夫人说。

“巴克什，看来你的脑袋掉到屁股底下去了。这选举让你疯了。”

“我这么做还不是为了你，亲爱的。为了你和孩子们。我参选是为了帮哈班斯先生。”

这对巴克什夫人而言有点难以理解。

“哦，天啦，巴克什！你会让我在选举结束前糊涂掉。哦，天啦！甜！酸！”

事情还没完。哈班斯回到竞选委员会，他发现印刷商哈理查德跟他们在一起。

“如果巴克什参选，你就需要新的海报，”哈理查德说，“你现在所有的海报里，你的符号是星星，你的口号是‘将货车系到星星上’。不过他们按字母顺序分发符号。你的名字是第一个，你的符号是星星。现在巴克什的名字会变成第一个，他的符号会是星星。你的符号将会是心脏。传教士的符号会是鞋子。”

吉德伦金说：“我们需要新的口号。”

但哈班斯已经走神了。

“尽力量，选心脏。”弗姆说。

“一流。”哈理查德说。

哈班斯正在对着他的手背说话。“新符号，是吗？新口号。新海报。我到底造了什么孽，一大把年纪了还让自己陷入这么大的麻烦？”

吉德伦金看到哈班斯差点就要流眼泪了。“没什么，哈班斯先生。如果能让你赢得选举，根本就不算什么。弗姆给了你一个更好的口号。尽力量，选心脏。好得多。”

“他应该去写诗。”哈理查德说。

哈班斯的目光从自己的手上转移到哈理查德身上。“我知道你为什么这么高兴，哈理查德。我不用上大学就知道你为什么高兴。”

“高兴？我？我高兴？我不高兴，哈班斯先生。”

“你难过？”

“哈班斯先生，你没理由讽刺挖苦我。我只是想帮你。”

哈班斯离开埃尔维拉时被马哈德奥拦住了，他甚至没有精力开个小玩笑：“今天有多少印度教徒生病了？各种探望费是多少？”马哈德奥难过地递上名单，更难过地接收了探望费。

当哈班斯离开埃尔维拉，来到卡罗尼郡，他停下卡车，向背后黑漆漆的村庄挥舞着小拳头。

“埃尔维拉！”他大喊，“你是个婊子！婊子！婊子！”

十一　离开

现在，埃尔维拉人人都知道老虎，几乎每一个人都把它看成是对付未来邪恶和巫术的吉祥物。老虎茁壮成长。它的皮毛越来越厚了。不是说它成了条毛茸茸的小狗，因为，毕竟它只是一条普通的杂种狗，但它的皮毛已经足够厚实。它的力气越来越大。它可以坐、站、走、跑、跳，没有痛苦，也越来越有兴趣。但是，不管你怎么喂它，怎么照顾它，都不能让它长肉将肋骨藏起来。怎么喂它都不能让它胖起来。它看起来是那种能长成完美街狗的小狗，吵吵闹闹，但又小心翼翼，什么都敢做，从追小鸡到晚上翻垃圾箱。不过，它还是老虎，它很健康，也很友好。赫伯特很高兴。弗姆也很高兴。巴克什夫人松了口气。她把狗的健康成长看成是别人对她家所施巫术和魔法力量减弱的表现。

老虎仍然住在可可屋。在它恢复的早期，它一直渴望离开屋子，去个更广阔的世界。但他们严厉地骂它，有时候还打它，最后是用一根绳子将它拴起来。它慢慢明白，可可屋就是它的家。最后，它喜欢上了自己的位置。它有自由职业者的所有自由，却没有焦虑。但它用它的方式责备赫伯特和弗姆：他们晚上离开它时，它会看着他们，带有歉意地小声抱怨。他们早上回到它身边时，它会先摇尾巴，然后躺下哭诉，这回声音比较大，眼睛望着别处。它总这样，从不觉得腻。

现在，老虎得洗第一个澡了。老虎满身是跳蚤，这隐瞒不了任何人，连赫伯特也隐瞒不了。你只须伸一个手指头在老虎背部画一下，就会看到一群跳蚤散开躲起来。

给老虎洗澡不是个轻松活。首先，弗姆和赫伯特要从巴克什夫人那里偷一块坚硬的蓝色肥皂。然后，他们换上旧裤子和衬衫，因为他们要在主干道上的一根水管边上给老虎洗澡。

他们来到可可屋。

在可可屋外，他们看到洛克胡的大篷车停在宽敞的路边。草深及轮毂处。

“希望他不要妨碍到老虎。”赫伯特说。

看到弗姆的信号，赫伯特安静下来，两个男孩穿过盘根错节的矮树丛来到可可屋。他们听到老虎在叫。它发出咯咯咯咬牙的声音，声音尖锐，很有生气。他们听到有人小声说话，然后看到了洛克胡和那个女孩。很显然，他们在那里已经有一段时间了，因为老虎已经习惯了他们的存在，老虎不是在朝他们叫，而是在朝弗姆和赫伯特叫。

那个女孩说了句“哦，天啦”，便把面纱拉下来遮住脸，然后穿过矮树丛跑到可可屋后面，不见了。弗姆想，她肯定是跑到主干道上去了。

洛克胡留在后面，想厚颜无耻地面对。

一兴奋起来，他就会把他那文绉绉的语气和词汇撇到一边，改用方言。“呃，弗尔姆！你现在从事坑蒙拐骗的工作了吗？”

“你没有廉耻，洛克胡。在小男孩面前用这样的词。”

赫伯特假装什么也没听到。

洛克胡变得恶毒起来：“如果你说出去，看我会不会打断你的腿。”

“我不是个搬弄是非的人。同时也不是个玩捉迷藏的人。”

“继续。再说一句，我让警察跟在你后面，听到没有？”

“警察？”

“是的，警察。你开着大篷车。你有驾照吗？如果我举报你，我会让你一辈子受罪，听到没有？”

弗姆笑了。“呃，不过这是一个滑稽的世界。人一旦犯了错，就开始装强硬。”

洛克胡没有停下来回答。

“呃！”赫伯特在他后面大喊，“不过他太胆大了。”

老虎在弗姆的脚边摇着尾巴，朝洛克胡汪汪汪叫个不停。它时不时作势要冲向洛克胡，但他从没有真的冲上去惹麻烦。

弗姆继续在洛克胡身后说。“你让我失望，洛克胡。你说你自己是个有教养的人，你根本就没有脑子。你让我失望，伙计。”

他们听到洛克胡开车离开了。

弗姆说：“你看到那个和他在一起的女孩没有？赫伯特。”

“没看清楚。不过……”

“好。你什么也没看到，记住。我们现在不想在埃尔维拉再发起一场狂欢。抓住这条狗。”

但狗不折腾一下，就不会老老实实受擒。它好像也感觉到有不愉快的事情等着它。它跑开狂叫。赫伯特追过去。老虎跑远点继续叫。

“不要追，赫伯特。让它到我们这里来。”

弗姆把手放进口袋。赫伯特吹着口哨。老虎小心翼翼地往前走。当它离得很近时——一段安全的距离——它发出咯咯咯咬牙的声音，站着不动，把脑袋偏向一侧，等着。赫伯特和弗姆不感兴趣。老虎前爪往下按，又汪汪汪叫起来。

“什么都别做，赫伯特。”

听到弗姆在说话，老虎停下来听。它跑远一点点，停下来，回头看，对他们的漠不关心感到不解。它向赫伯特跑过去，在他脚踝边大叫。赫伯特弯腰抓住它。老虎不停地扭动，用柔情的舌头作为进攻的武器。赫伯特往后靠，闭上眼睛，皱起眉头。老虎差点从他手里挣脱，跑上他倾斜着的胸膛。

“快抓住它，弗姆。”

弗姆抓住了老虎。老虎意识到被更强的力量控制了，便放弃了抵抗。

他们把它带到主干道上的水管旁边。要让水流个不停，你必须一直按着顶部的铜质旋钮。赫伯特按着旋钮。弗姆为老虎洗澡和涂肥皂。

“这样会把跳蚤淹死。”赫伯特说。

弗姆没有把握。“这些跳蚤很难弄死的。”

“我想老虎不会喜欢这样，你知道的，弗姆。”

老虎讨厌这样。它一碰到水就开始叫喊哀鸣。它直打哆嗦，扭个不停。有时候它忘乎所以，想咬，但又没咬。水浸透了皮毛，直到弗姆和赫伯特能看到它粉红色、有肿泡的皮肤。它看起来还很小很弱。然后，他们把蓝肥皂抹在它身上。

“小心，弗姆。不要让肥皂进它的眼睛。”

跳蚤在肥皂泡里跳动，只不过没有平常那么敏捷。

在他们给它擦干之前，老虎从弗姆的手里滑脱，沿着埃尔维拉主干道跑，一路滴着水。水使它特别依恋干土地，灰尘越多它越喜欢。它在主干道温暖的沙子和泥土里打滚，朝路上的行人剧烈地抖动自己的身体。灰尘沾在它潮湿的皮毛上，与洗澡前比起来，它此时看起来更糟。

弗姆和赫伯特在后面追。

库费先生屋前的一小块地引起了老虎的兴趣。它冲过去，不停地打滚。库费先生起身去看。老虎从泥土里爬起来，向库费先生跑过去，在他身边不停地抖动，将他身上溅得满是水和小土粒，还试图在他的裤子上磨蹭。

库费先生抬起靴子，将老虎踢开。因为是踢到一条瘦狗身上，响声很大。像山谷的回音，“砰”的一声，你从一面松弛的鼓上可以听到这种声音。老虎呜呜呜地跑开了。它并没有跑远。它跑上主干道，在觉得安全的时候，它转过身来，又小心翼翼地往后退了一步，发出一声刺耳的叫声。然后它又转过身来，抖了抖身子，慢悠悠地走开。

赫伯特一直跟在后面，看到了这一切。

“上帝会惩罚你的，考费先生，”赫伯特说，“他会让你像蟑螂一样死去，四脚朝天，直挺挺地躺着。上帝会惩罚你的。”

“脏兮兮的小狗。”库费先生说。

弗姆赶过来。“是的，上帝会惩罚你的，考费。你们这些基督徒嘴里总是念叨着上帝的名字，好像你们都和他过过周末似的。不过他会惩罚你的。”

“小狗。”库费先生说。

“它会让你像蟑螂一样死去。”赫伯特说，“等着瞧。”

提名日到了。三位候选人填了表格，付了保证金。只有两件事出人意料。都跟传教士有关。一是他的名字，纳撒尼尔·阿纳克力特斯·托马斯。有些人听说过纳撒尼尔，但没人听说过阿纳克力特斯。更让人吃惊的是传教士的职业，他的提名表里只是简单地写着：业主。

哈班斯给自己填的是“运输承包商”，巴克什填的则是“兼售衣料的裁缝”。

提名前一天晚上，梵学家达尼拉姆提出了一个阻止提名其他候选人的计划。

“先进去，”他告诉哈班斯，“付给他们两百五十美元铜币。只付铜币。让他们去数。”

“你要一个盐袋子装那些钱。”弗姆说。

荒谬的是，这个想法，哈班斯竟然还认真考虑了一会儿。“但如果他们在处理传教士和巴克什的事情时让我等着怎么办？”

达尼拉姆晃着腿，吸了一口烟。“不会让你等。你第一个去，他们得先帮你办。事实就是事实，应当公正才是。”

吉德伦金冷冷地说了句：“你给别人的铜币不能超过十二枚。超过就不是合法支付。”之后大家便不再讨论。

哈班斯用纸币支付了保证金。

提名归档后，他才付给巴克什两千美元的选举费用。

“像我跟你说的，老板，光靠这么点钱干不了什么。”巴克什毫不客气地说，“我是个有大家庭的人。”

那天晚上，巴克什去拉姆劳干的朗姆酒铺庆祝他的新胜利。他们把他当作英雄一样对待。他说了很多话。

七月份的最后一个周末，埃尔维拉公立学校放假，弗朗西斯老师很高兴可以离开学校去西班牙港。埃尔维拉已经让他无法忍受了。洛克胡的行为是一方面，还有一方面，正如他所担心的那样，埃尔维拉的大部分家长学吉德伦金，不再把孩子送到他那里去单独上课。

孩子们现在自由自在，有更多的时间掺和选举的事。他们穿着破破烂烂的背心、衬衫和运动衫，在埃尔维拉到处疯跑，说些鼓励的话，折磨三位候选人。他们一视同仁，到处乱涂新口号，将旧口号弄得面目全非。他们陪传教士挨家挨户拜访，直到库费先生将他们吓跑。

竞选如火如荼。

洛克胡声势浩大地进攻，诽谤巴克什，诽谤哈班斯。在一个炎热的下午，他花了整个下午的时间告诉埃尔维拉人他们已经知道的事情：哈班斯诱使巴克什参选。

“一个行贿的人，”洛克胡说，“同样会受贿。”

“这个洛克胡真是个蠢蛋，”吉德伦金评论道，“他以为那么说就会让哈班斯落选。老百姓想知道的是，他们能让候选人时不时地为他们做点小事。”

洛克胡将矛头转向巴克什。“一个受贿的人，”洛克胡说，“同样会行贿。”

“行贿？”吉德伦金说，“巴克什付出什么了吗？他不了解巴克什。”

巴克什和哈班斯的照片突然到处都是，房屋上、电线杆上、树上和涵洞里。这些照片很快被加上胡须、腮须、眼镜和烟斗。

“让你成为知名女人。”巴克什跟巴克什夫人说，“到处都是照片。马祖鲁斯·巴克什，将货车系到星星上。马祖鲁斯·巴克什，巴克什夫人的丈夫。马祖鲁斯·巴克什，穷人的朋友。马祖鲁斯·巴克什，大家的朋友。”

“马祖鲁斯·巴克什，”巴克什夫人说，“大大的傻瓜。”

不过他能看出来，她其实是高兴的。

哈班斯的新口号流行起来。当他来到埃尔维拉时，孩子们朝他喊："尽力量，老板！"正如弗姆预言的那样，哈班斯不再羞涩，他回答："选心脏！"

弗姆经常想出新的口号。"从心脏开始。""哈班斯，一个心胸宽广的男人。""没有心脏你活不了，没有哈班斯你也活不了。"他拿着留声机唱片，经常播放，这首歌成了哈班斯的竞选歌：

哦，亲爱的，
我们是否曾经说再见，
我知道我们都会死，
我的心和我。

吉德伦金每天穿上走亲访友的套装去拉票。达尼拉姆也拉选票，只不过没有那么大张旗鼓。马哈德奥则将生病的印度教徒的名字记在他那本红色的笔记本上。

有一段时间，传教士坚持老方法，积极地挨家挨户拜访选民。但有一天，他手里拿了块大石头，出现在埃尔维拉的主干道上。他拦下马哈德奥。

"你投票给谁？"

"传教士？你知道我为哈班斯竞选……"

"好。拿这块石头打死我算了。"

马哈德奥设法逃脱了。不过传教士两天后又拦住他。传教士右手拿了本《圣经》，左手拿了块石头——还是上次那块石头。

“直接回答我：你投票给谁？”

“每个人都知道我投票给你，传教士。”

传教士丢下石头，将《圣经》递给马哈德奥：“起誓！”

马哈德奥犹豫了。

传教士弯腰捡起那块石头。他把石头递给马哈德奥。“杀了我！”

“我不能对《圣经》起誓，传教士。我不是基督徒。”

马哈德奥再次逃脱了。

洛克胡模仿弗姆，以传教士的竞选符号鞋子为主要内容，为他创作了一首竞选歌：

> 我有一只鞋子，你有一只鞋子，
> 上帝的孩子都有鞋子。
> 当我去天堂，
> 我要穿上我的鞋子，
> 走遍上帝的天堂。

巴克什的竞选符号是星星。一天，他走到哈班斯那儿，说：“我也想要一首歌。每个人都有歌。”

“哦，巴克什。你也想要歌？为什么呢？伙计。”

"大家都笑我。好像我没在竞选一样。"

最后，哈班斯允许弗姆为巴克什放一首歌：

你觉得在星星上荡秋千怎么样？
将月光装入瓶中带回家？
你会比现在更富有。
你可以在星星上荡秋千。

人们在拉姆劳干的朗姆酒铺里畅饮朗姆酒。喝酒的人都知道，他们喝的是哈班斯的朗姆酒。

达尼拉姆高兴地安慰哈班斯："首要的事情是付入场费。现在你的机会来了。"

拉姆劳干鼓励喝酒的人，他说："送给获胜方的竞选委员会一箱威士忌。一整箱威士忌。"他这么说与话题不相干，也不明智。

与此同时，哈班斯的竞选委员会做了一些扎实的工作，尤其是弗姆和吉德伦金。他们拉选票，宣传，挑选投票日的代理人并检查他们的忠诚度。他们挑选出租车司机并检查他们的忠诚度。他们拜访了镇长、选举主任、选举工作人员、警察：时不时地给点好处会让这些办事人员对他们没有偏见。

竞选委员会的成员在做这些的时候，哈班斯时而高兴，时而郁闷，时而愤怒，他多变的情绪使他的委员们感到尴尬不已。他们希望他不要妨碍他们，并尝试委婉地告诉他他们的想法。

“你可以待在西班牙港，然后在埃尔维拉赢得选举。”梵学家达尼拉姆告诉他。“很容易的事。把所有事情交给你的竞选班子就行了。”他补充说，琢磨着“竞选班子”这个词。

在吉德伦金店铺露台上举行的那几次会议期间，哈班斯给孩子们发了几袋糖果，说的倒不多。主要是弗姆、吉德伦金、达尼拉姆和马哈德奥在说。

首先是弗姆介绍马哈德奥，然后马哈德奥介绍达尼拉姆，之后达尼拉姆介绍吉德伦金。到吉德伦金介绍哈班斯时，会议差不多要结束了，哈班斯只能接见代表团。

“老板，从人民路来的男孩子们这个季节不能踢足球。门柱倒了。足球也破了。”

哈班斯会开一张支票。

“老板，我们会举办几次运动会，如果您能给点奖品，那就太好了。不，老板，不是发。给。”

又是一张支票。

是哈班斯，一直是哈班斯。这是毫无疑问的。

达尼拉姆反复计算：“三千张印度教徒的选票加一千张西班牙人的选票等于四千张选票。传教士最多得三千张选票。巴克什得一千张穆斯林的选票。”

哈班斯不喜欢这种说法。他说，这给人们错误的想法，鼓励他们不去投票。当他个人三番五次地请求投票者时，投票者说：“不过哈班斯先生，你知道我已经承诺过你了。”哈班斯会说：“民主是个奇怪的东西。它会让有钱人变穷，让穷人变有钱。它让我成了一名乞丐——是的，别阻止我，我是乞丐——我向你们讨票。”

谣言满天飞。库费先生已经抛弃了传教士。传教士准备把票卖给巴克什，但打算在选举前一天才那么做。巴克什准备把票卖给传教士。马哈德奥准备把票卖给传教士。吉德伦金准备把票卖给巴克什。好像每个人都要把票卖给某人。埃尔维拉人因为谣言和辟谣而激动不已。投票者跟在候选人和他们的代理人后面，警告说要小心某某人或某某事。各方都同意，应该留意达尼拉姆。他只对他的拖拉机感兴趣，他先等着看哪一方会胜出。然后再全力出击。传得最久的谣言是洛克胡想离开传教士。吉德伦金非常严肃地对待那个谣言。

他说：“我确实经常感觉到洛克胡想从这场选举中得到更大的东西，但我不能准确地说出他想要的是什么。”

一天深夜，吉德伦金正在游廊里摇摇椅，想着要去睡觉了，这时他听到露台上有人低声说话。他起身往下看。

是达尼拉姆。他提着一盏防风灯，灯光照亮了他的学者徽章。“有消息，金匠。”达尼拉姆低声说，几乎不能控制他激动的情绪。

吉德伦金低声回话：“从巴克什那里来的？”

“洛克胡，金匠。他说他有重要的事情，他是这么说的，有重要的事情和你商量。”

“等一下。”

达尼拉姆站在露台上，边晃动灯笼边轻声哼唱：

于是他叫来众人，
把水变成美酒，
耶稣在呼唤你。来喝酒吧！

不久，吉德伦金下来，穿着他走亲访友的套装。

他们去了达尼拉姆家。

洛克胡正等着他们。他坐在游廊的栏杆上，抽着烟，晃着腿，一点也不像一个迷茫的叛徒。他说：“啊，金匠。不好意思把你叫起来。”

“是的，伙计。”达尼拉姆说，“让我大吃一惊。我刚从埃特瓦丽亚——拉姆皮阿里的妈妈，你知道的：她正在举行一次小小的卡塔[1]，我是梵学家——那里回来，看到洛克胡的大篷车停在外面。”

洛克胡说：“金匠，我都说烦了。”

达尼拉姆兴奋不已。他点燃一根烟抽着，动静很大。

“我可以给你们八百张票，”洛克胡说，“如果我闭嘴的话。值吗？”

吉德伦金脱下帽子，在防风灯的灯光下细看。“我不知道到底值不值。”

①印度教的一种诵经仪式。

洛克胡笑了："沉默是金，金匠。"

达尼拉姆颤抖着说："我们多八百张，传教士少八百张。肯定会赢，金匠。"他希望达成交易，那样再合适不过。

吉德伦金说："你一直想的都是在最后把票卖掉，难道不是吗？"

"是的。"洛克胡并没有感到不好意思，"我没有女儿可嫁。"

达尼拉姆不安地嘿嘿笑。

"我也没有拖拉机。"

达尼拉姆用力吸烟。

洛克胡从身后的口袋里掏出几张打印好的选举人名单。

"八百张选票，已经检查过，签好字，封起来了。你们如果愿意，可以自己检查一下。一美元一票，怎么样？"

达尼拉姆喊道："新娘，拿皮特马克斯煤气灯来。"

达尼拉姆的老婆在后屋被吵醒，抱怨了几句，然后又安静下来。

吉德伦金盯着自己的帽子看。"你以为选举后你还能待在埃尔维拉？"

洛克胡靠着栏杆换了个姿势。"我在考虑彻底离开埃尔维拉。"

"哦？"达尼拉姆晃了晃腿，"你打算去哪里？"

新娘拿来皮特马克斯煤气灯，吹灭了防风灯。她表现得很谦卑，达尼拉姆很高兴。没有无礼的话语，也没有在不结实的地板上跺脚。她把面纱拉到前额，将皮特马克斯煤气灯挂起来。

洛克胡看着她把防风灯拿走。他看着她说："我打算去西班牙港。在报社找个工作。《卫报》、《哨兵报》或者《公报》。"

吉德伦金背对着皮特马克斯煤气灯站着，在看洛克胡给他的名单。"我们怎么知道这八百个印度教徒会按你说的做？"

“你会亲眼看到。如果我跟他们说，传教士背叛了我，如果我要他们把票投给像哈班斯这样的印度教徒，你认为他们会投票给谁呢？巴克什？”

“我们怎么知道你不会改变主意？”

洛克胡耸了耸肩。“我会在选举前的星期六离开。”

“五百美元。”吉德伦金说。

“好极了，”洛克胡说，“这个数字合我的意。”

十二　更多人离开

那件事发生在投票日前一周。哈班斯和吉德伦金充满自信，但没有表现出来。达尼拉姆不知羞耻，还很开心。马哈德奥则没什么兴趣。他还得忍受库费先生警惕的目光，还得监视老塞巴斯蒂安。他还一直担心其他的黑人会生病。现在，每天都有很多印度教徒生病，穆斯林也开始加入他们的队伍，甚至有几个西班牙人也掺和进来。不过，没有黑人生病。马哈德奥顾不上感到庆幸。

后来，巴克什又开始胡闹。

“第三次贿赂开始了。”吉德伦金说。

巴克什告诉拉姆劳干，拉姆劳干又告诉了吉德伦金。巴克什告诉弗姆，弗姆又告诉了吉德伦金。巴克什告诉哈理查德，哈理查德又告诉了吉德伦金。

“他说他没抓住机会，”哈理查德说，“一个机会也没有抓住。他说，要穆斯林投票给他，他是在浪费好端端的选票。他说，要穆斯林浪费他们的选票，对他们不公平。他说，浪费好端端的穆斯林的选票，在很多人看来就像是印度教徒的鬼把戏。他说，权衡方方面面的情况，他觉得传教士是更好的人选。他说他在考虑将票卖给传教士。他说这是让穆斯林重获自尊的唯一办法。他说……”

“他说他会亲我的屁股，”哈班斯说，“他说他之后就见鬼去。”

哈理查德没有受到哈班斯的影响，接着说：“他说，他愿意先好好地商量一下。”

“把穆斯林的选票给他们。”达尼拉姆说，“有了西班牙人的票，并且洛克胡告诉其他印度教徒不要投票给传教士，我们可以把穆斯林的票给他们。”

哈班斯像钟摆一样在吉德伦金的游廊上来回踱步。“再给那人哪怕一便士也违背我的内心，违背我的内心。”

吉德伦金说：“哈理查德，告诉巴克什，我们在周六晚上前不会去见他。”

“但选举是在周一。”哈理查德说。

“这我们知道，”吉德伦金说，“我们不想让巴克什第四次改变主意，搞得他自己精疲力竭。一次选举折腾三次对一个人来说已经够了。”

“是你的选举，哈班斯先生。”哈理查德摇摇头，笑着离开了，指关节按得啪啪响。

哈班斯陷入了他那种心神不宁的郁闷情绪中。他在吉德伦金铺了瓷砖的游廊上不停地走来走去，喃喃自语，将指关节按得啪啪作响。

“现在穆斯林把票投给谁，没什么关系。”达尼拉姆说，“你自己算一算，哈班斯先生。我们得到所有印度教徒的票，还有西班牙人的票。五千张。如果出现最坏的情况，巴克什把票卖给传教士，传教士也只能拿到三千张票。两千张黑人的票和一千张穆斯林的票。”

哈班斯不肯接受安慰。

吉德伦金一直在莫里斯摇椅里摇个不停，内心没有他脸上看起来那么平静。不是因为巴克什的消息。他早就料到他会那样。并且，正如达尼拉姆所言，不管怎样巴克什现在并不重要，虽然为了有绝对的把握，有必要防止穆斯林投票给传教士。但消息来得不是时候。吉德伦金要哈班斯那个周三晚上来委员会开会，跟他说周日（也就是投票日的前一天）车队大游行的事。

哈班斯对游行一无所知。游行是吉德伦金、弗姆和达尼拉姆安排的。他们担心，如果哈班斯知道这件事太早，他可能会反对：游行将是件很壮观的事情，但也要花很多钱。不过委员会需要它——让人印象深刻的竞选活动的最后一个盛大场面。

在特立尼达，车队大游行不是什么新鲜事。不过，直到一九四六年，这种游行还只用在婚礼和葬礼上。举行婚礼时，装饰过的汽车从主干道驶过，彩旗飘扬，喇叭轰鸣。葬礼上阴郁的送葬队伍同样让人印象深刻，它们总有优先通行权，经常阻塞交通，如果是个重要人物，还会引起交通瘫痪。车队游行可能被用于政治，一九四六年，进步统一党首次将车队游行用在了选举活动中。在第一次普选的前一天，进步统一党租了五百辆车在岛上巡游。那是进步统一党最辉煌的时刻。这个党在游行前两个月才成立，游行后两天就解散了。该党赢得了十二个席位中的一个，十名候选人失去了保证金，主席和资金都不见了。但特立尼达的老百姓对游行印象深刻，自那以后，任何一场选举，不管是市、郡一级的还是当地公路管理委员会的选举，没有游行，就不是一场完整的选举。

但游行是昂贵的。

吉德伦金看到哈班斯在游廊上踱来踱去，再次希望他不必既要应付竞选的事，又要应付候选人。

他觉得他应该随意一点。他说："你星期天有事吗？哈班斯先生。"

哈班斯没有回答。

吉德伦金说："我希望你没事，因为我们要为你举行一个小游行。"

哈班斯停下来。

"真的是小游行。"

哈班斯双手手指交叉，看着他们，然后又看着自己的鞋子，将指关节按得啪啪作响，又踱起步来。

"车队游行。"达尼拉姆说。

"大概五十辆车，"吉德伦金开始写起来，"每辆十五美元。你还要给他们几加仑汽油。你得给人们食物。还要有音乐。"

哈班斯还在游廊上走来走去，没有说话，只是把指关节按得啪啪作响。

"你不能让人们失望，哈班斯先生。"吉德伦金说，"要花费你一千五百美元，但同时那些想投票给你的人看到他们的候选人在盛大游行队伍的前头，会感到很高兴。"

"必须有车队游行，"达尼拉姆说，"一定得有。与时俱进。"他笑了笑："付探望费。"

哈班斯坐下来。

弗姆进来时，他们商量好了细节。

唯一没在委员会会议上出现的人是马哈德奥。最近他开始避开委员会会议。他经常把生病的印度教徒名单交给哈班斯，这让他很为难。哈班斯的愤怒主要冲着他，他不得不多次为自己辩护："哈班斯先生，这场民主可不是我发起的。"

老塞巴斯蒂安也越来越难对付。他一边患有一连串意想不到的小疾病，一边却慢慢地变得活跃起来。马哈德奥本该高兴，但他却发愁担忧。他再也不能指望塞巴斯蒂安待在家织渔网了。他现在经常发现他出现在拉姆劳干的酒铺里，和其他人一起喝免费朗姆酒。马哈德奥不知道塞巴斯蒂安的朗姆酒券是从哪里来的。（酒券是哈理查德给他的，哈理查德打印酒券，自己留了一些。）塞巴斯蒂安喝一点儿就醉了。他长期以来一直靠养老金生活，平时没什么酒喝。

马哈德奥说："这种民主对塞巴斯蒂安这样的人来说不是好事，听到了吗？"

库费先生说："马哈德奥，我不知道你对塞巴斯蒂安施了何种魔法，但他真是太有意思了。记住，蜡烛在熄灭前会燃得很旺。塞巴斯蒂安这根蜡烛，两端都在燃烧。"

塞巴斯蒂安的行为也使他的酒友哈克苦恼。哈克已经坦然放弃了宗教上的顾忌，甚至在公共场合喝酒。他说，不是酒的原因，而是因为他喜欢待在人群里，否则弗姆会打他。他和塞巴斯蒂安静静地并排坐在拉姆劳干朗姆酒铺靠墙的一条长凳上喝酒。奇怪的是，他们两个看起来很像，只是，塞巴斯蒂安一直都在笑，而哈克眼镜后面透出烦躁不安和不妥协的神情。哈克直直的花白胡须和腮须比塞巴斯蒂安下巴上卷卷的灰褐色胡须更让人印象深刻。塞巴斯蒂安的胡须好像是某人因为种子不够而绝望地种上去的一样。

马哈德奥尽力了。他给塞巴斯蒂安好处，让他待在家里。不过塞巴斯蒂安认为，给一次好处只能待在家里一天。在他离开朗姆酒铺的日子里，他病得很厉害，这让马哈德奥更加担心。他给塞巴斯蒂安钱，让他去 D.M.O. 那里做检查。塞巴斯蒂安说他去了，但是马哈德奥不相信他说的话，于是贿赂 D.M.O.，让他去塞巴斯蒂安家里给他检查身体。D.M.O. 报告说："他还会活一段时间。"这让马哈德奥跟之前一样担心。"蜡烛在熄灭前确实会燃得很旺。"他想，然后想起库费先生和朝他脸上刷的那把白石灰刷子。

马哈德奥是一个虔诚的印度教徒。他每天早晚都做礼拜。现在在他所有的祷告词里，在整个仪式过程中，在摇灯礼，摇铃礼，以及吹螺礼时——最令人丧气的是，这些都跟埃尔维拉发生的事情毫无联系——马哈德奥只有一个想法：塞巴斯蒂安的健康。

选举前那个星期六的晚上，马哈德奥注意到塞巴斯蒂安不在家。再过两天，他就不用监视他了，所以他现在不能冒任何风险。他径直走到拉姆劳干的朗姆酒铺。周六的晚上，酒铺里挤满了人，大家看上去比平时更高兴，因为他们手头还有朗姆酒券。再过两天，他们又得为朗姆酒买单了。地板湿湿的——朗姆酒铺的地板总是湿的。拉姆劳干忙忙碌碌，但很开心。马哈德奥穿过人群，朝哈克和塞巴斯蒂安常坐的长凳挤去。他听到一些有关选举的闲言碎语。

“英国政府不希望哈班斯赢得选举。”

“等他们把选票放进镇长办公室，他们就会把所有穷人的选票都毁了。各处的灯都会熄灭。”

“不，我不会和你打赌，但是我还是有种奇怪的感觉，巴克什会赢。”

“我跟你们说，等哈班斯挨过这场选举，他就跟埃尔维拉没有什么关系了。”

“你们听着，选举结束后，吉德伦金会大吃一惊。”

马哈德奥看到了哈克，他被站着喝酒的人挡住了，看起来有点迷茫、烦躁，但是满足。

“塞巴斯蒂安呢？”

拉姆皮阿里的丈夫把一只大手搭在马哈德奥的肩膀上，他的右脚被绷带缠得严严实实的。“塞巴斯蒂安！我从没看见过一个老人变得如此年轻，如此敏捷。”

另一个人说：“记住我的话，塞巴斯蒂安会在干活的时候死去。”

“哈克，你看到塞巴斯蒂安了吗？”

“脏老头子，不想看到他。”

拉姆皮阿里的丈夫说：“看到了，在干活。”

“这可不是开玩笑，你知道的。塞巴斯蒂安在哪里？”

“在家呢。你啊。快回去照顾你老婆，马哈德奥小屁孩。”

"两三年后，一些黑人孩子会沿着埃尔维拉的主干道跑，叫马哈德奥爸爸。"

"你们都没有看到塞巴斯蒂安吗？拉姆劳干！"

"马哈德奥，你以为你是哪个笨蛋，竟然这样对我大叫？一个男人只有两只手。"

"塞巴斯蒂安在哪里？"

"他喝了点酒，离开很久了。"

"取牡蛎去了。"

马哈德奥跑出酒铺，他被担忧和朗姆酒搞得头昏眼花。他跑回塞巴斯蒂安的小屋。小屋里没有光，死气沉沉的。塞巴斯蒂安不在。他在黑暗中穿过高高的杂草，来到院子后面的茅房。沉重的灰色大门——来自西班牙港多克赛特街美军的一幢被拆除的建筑，天知道塞巴斯蒂安是怎么弄来的——开着。黑暗中，茅坑的臭气好像重了好几倍。马哈德奥擦亮一根火柴。没有看到塞巴斯蒂安。茅坑很小，塞巴斯蒂安不会掉进去。他又回到路上。

"马哈德奥，选吧。"

是传教士，一股汗味，看起来满身湿透了。

"你看到塞巴斯蒂安了吗？"

"选石头还是《圣经》？"

"石头，伙计。《圣经》。什么都可以。你看到塞巴斯蒂安了吗？"

"拿石头杀了我。"

"让我走吧，传教士。我手上已经有一个死人啦。"然后马哈德奥停了一下，"塞巴斯蒂安今天晚上选了吗？"

“跟考费一样。”

“啊哈！我一直以为所有的事情都是考费唆使他做的。让我走吧，传教士，不然我真的要用石头打你了，你知道的。”

马哈德奥放轻松了。在去库费先生家的路上，他在吉德伦金家的露台上遇到一群人，出租车司机们正在等待有关明天游行的指示。他们正在喝酒，闹哄哄的。马哈德奥抬头看见吉德伦金家的客厅里亮着灯。他知道他应该去那里，同哈班斯和竞选委员会的其他成员商量最后的选举计划。他怀着内疚匆匆离开了。

库费先生家没有亮灯。正常情况下，这时候库费先生会坐在他家的小游廊里，就着油灯的光读《圣经》，随时对路上向他打招呼的信徒说“晚安”。

马哈德奥围着屋子转了一圈又一圈。

“马哈德奥先生。”

是卢奇曼。马哈德奥一时没认出他来，因为卢奇曼戴了顶帽子，帽檐拉得很低，以防脸上沾到露水。卢奇曼家里有六张选票。他是最早向马哈德奥报告生病的印度教徒之一。他曾接受过救助。

马哈德奥记起来了。“你肚子还疼吗？”

“好些了，马哈德奥先生。现在有个男孩病了。”

“他病得晚了点儿。后天选举。”

卢奇曼笑了，但没有放弃。“你在等人吗？马哈德奥先生。”

“你看到塞巴斯蒂安没有？”

卢奇曼将衬衫扣起来，把帽子拉得更低。他抓住耳朵上方的帽檐。“他也病了吗？”

“你这些天遇到过没有生病的人吗？”

"是一种流感。"卢奇曼说。

他们身后传来咳嗽声和结结巴巴的说话声。

马哈德奥准备离开。

卢奇曼说:"看，他在那儿。"

库费先生家黑暗的游廊上有烟头在一闪一灭。

马哈德奥低声说:"塞巴斯蒂安，是你吗？"

更多的咳嗽声传来。

"他在抽烟，"马哈德奥生气地说，"这么大年纪还染了这么多恶习。"

卢奇曼说:"如果他抽烟，就不会病得太厉害。是很滑稽的事情，你知道的，马哈德奥先生。不过，我要是生病了我自己总会知道。我发现那时候抽烟会很难受。那时候，我就会说:'卢奇曼，孩子，看来你很快要生病了。'真的，你知道的，马哈德奥先生。"

"塞巴斯蒂安！"

"这些天，我甚至连一小口烟都不能抽，伙计。"

塞巴斯蒂安来到路上，马哈德奥打掉了他手上的烟。

然后塞巴斯蒂安开口了。

"死了，"塞巴斯蒂安说，"像蟑螂一样死了。"他说话时不带一丝感情。

马哈德奥既害怕又高兴，感到困惑不解。

"死了？"卢奇曼取下帽子。

塞巴斯蒂安又说话了。"把帽子戴回去。你会感冒的。"

"像蟑螂一样？"马哈德奥说。

"像蟑螂一样。"

他们三个走进黑漆漆的屋子。马哈德奥擦亮一根火柴，他们看到屋角搁板上的油灯。他们把灯点上。地板被虫蛀过，不够结实，用来修补地板的纸板铺得到处都是，那些其实是压扁了的红牛牌牛奶的箱子。浅绿色的墙壁上挂着镶框的宗教画，还有用哥特式字体写的祈求上帝照顾这个家庭的祷词。

库费先生坐在莫里斯摇椅里，好像在擅长拍摄放松状态的摄影师面前摆姿势，他的头微微向后仰，双眼睁着，但好像什么也没看，双膝分得很开，右手放在臀部，左手放在椅子的扶手上。

“像蟑螂一样。”塞巴斯蒂安说。他举起左手，然后放下。

卢奇曼手里拿着帽子，在狭小的客厅里走来走去，就像教堂里的游客。“老考费圣经，伙计。呃！马哈德奥先生，看，考费的彩色照，伙计。”他指着一幅镶框的照片，照片里一个年轻的黑人男孩站在许多盆栽棕榈和刻有凹槽的柱子中间，显得有点失落。这是一张调过色的黑白照片。棕榈树都调成了绿色，每根柱子的颜色都不同，男孩的衣服是棕色的，领带是红色的，脸蛋没有调色，是黑色的。

马哈德奥没看。光是待在库费先生的房里，他就受不了。欢欣、羞愧、宽慰和害怕一齐涌上他的心头。后来羞愧和害怕褪去，他筋疲力尽，但冷静了下来。

“卢奇曼。”

“马哈德奥先生。”

“和塞巴斯蒂安先生留在这里。不要让他到别的地方去。绝不能立刻让传教士知道考费的事情。”

他连忙赶到吉德伦金家，挤开露台上喝得醉醺醺的出租车司机，走上红色的台阶。他看到巴克什在上面。巴克什正在说话，语气里透出难以服人的威严："我不是来见你的，金匠，我是来见哈班斯先生的。"

马哈德奥跟着巴克什和吉德伦金来到客厅。哈班斯和竞选委员会的成员都在那里。弗姆坐在锃亮的雪松桌边，正在看一张很宽的纸，上面写着竞选委员会为投票日做的所有安排：代理人的名字和他们的投票站，站内的代理人和站外的代理人，出租车，出租车主，出租车司机，以及他们要去的投票站。

马哈德奥说："金匠，我要马上见你。"

吉德伦金很看重这个场合，在家里都穿着他走亲访友的套装（没戴帽子）。他看着马哈德奥，有点吃惊，还有些许轻蔑。

"私事。"马哈德奥强调。

吉德伦金感受到马哈德奥目光的力量。他把他领到后面的游廊上。

巴克什说："哈班斯先生，坦诚回答我这个问题：如果我去参选，是不是只是在浪费穆斯林们好端端的选票？"

达尼拉姆说："啊，你可以把穆斯林的选票留着。"

"我知道。"巴克什说，"你现在不需要穆斯林的选票。但你觉得这样看起来很好吗？下次选举，如果你不希望穆斯林浪费他们的选票，那时候你会怎么做呢？"

哈班斯说："下次选举？这是我第一次也是最后一次在埃尔维拉竞选。"

弗姆在研究他那张记录纸，不打算参与他们的讨论。

巴克什知道他有点过分了。但他知道他不会有危险，因为弗姆在那儿。否则，他很有可能被痛打一顿。不是被哈班斯打，也不是被达尼拉姆或吉德伦金打，而是被那些来帮忙的人打。他能听到隔壁拉姆劳干店铺里的吵闹声：诅咒声和争吵声。时而高涨，时而消停下来。他能听到楼下出租车司机的声音，喝醉了，越来越醉，他们正在为明天车队游行的汽油争吵。

巴克什说："如果穆斯林把票投给传教士，会给你造成一点麻烦，哈班斯先生。你是位老人，我不想给你添麻烦。但这是唯一正确的做法。"

"对你来说，唯一恰当的事情是赶紧拖着你的尾巴逃跑。"说话的是吉德伦金，他刚回到客厅。"达尼拉姆，我们终于能用你的计划了。考费死了。"

"啊！我跟你说什么来着？"达尼拉姆非常兴奋，他点了一根烟，"选举前肯定有一个黑人会死。你的运气来了，哈班斯先生。洛克胡今晚走。你今晚就有机会给黑人付他们的探望费。"

碰到这样的好事，哈班斯惊呆了，都没反应过来。

"守丧。"达尼拉姆说，"咖啡。我们要弄咖啡。哈！给考费弄咖啡。咖啡、朗姆酒、点心。"

吉德伦金仍然很镇静。"弗姆，开大篷车到查瓜纳斯去，把谭伟带到这里来，同时带一副上等棺材，一个冷柜，还有其他必需品。打电话给特立尼达电台，这样他们在十点钟就可以把消息发出去。新闻稿你可以自己写。达尼拉姆，回家让你儿媳妇多弄点咖啡带到这里来。"

"怎么可能带许多咖啡回来？"

"是个问题。弗姆，你回来时，去达尼拉姆那里拿咖啡。奈莉的妈妈会多做点儿。”

眼看现在威胁说把选票卖给传教士没有用，巴克什说：“很有意思，人怎么可能坐着就死了？嗯？当我还只有这么高，还是个穿着短裤的小孩时，考费就坐在他家里补鞋子。各种各样的鞋子。黑色的、棕色的、双色的，高跟的、坡跟的。”巴克什变得伤感起来：“我记得有一天，当我还是个小男孩时，我拿了一只鞋子到考费那里去。鞋跟掉了。就是那种橡胶鞋跟。我把它拿到考费那里，他帮我把鞋跟钉好。我给他六分钱，但他没要。”

没人听他的。弗姆在认真地折那张选举事项记录纸。达尼拉姆在扣腰带，准备去张罗咖啡的事。哈班斯还在发呆。马哈德奥如释重负，已经筋疲力尽，根本就不想听他的。

“他没要。”巴克什又说了一遍。

吉德伦金说：“马哈德奥，你最好去照看一下那座房子。我要去跟那些出租车司机说一声。我们想让他们帮忙照应葬礼的事。我想，葬礼放在车队游行之前会更好。”

马哈德奥回到库费先生家。

塞巴斯蒂安正坐在莫里斯摇椅里，身子往前倾，脸上露出痛苦的表情。

卢奇曼说：“塞巴斯蒂安不舒服，马哈德奥先生。刚才，在你来之前，他肚子有点疼。他病了。”

“活该。我跟你说件事，塞巴斯蒂安。你听着，如果你死了，没人会埋你。”

塞巴斯蒂安只是露出痛苦的表情。

卢奇曼说：“吃的都在厨房里摆着，你知道的，马哈德奥先生。

什么都没动。考费先生，”卢奇曼说，他在考虑用什么词好，“走得太突然了。”

塞巴斯蒂安板起面孔，站了起来。他站在调过色的照片前面，说：“他拿出那张照片时我就认识考费了。总是去主日学校。”他的声音突然变得悲伤起来。“他们过去常发些蛋糕和甜饮。然后，他就开始补鞋。”

他们坐在那里等着，直到听到外面有大篷车停下的声音。弗姆、吉德伦金、D.M.O. 和谭伟走进来。D.M.O. 是一个年轻的印度人，有一张英俊浪荡的脸。他还没有忘记他与英格兰的关联，大热天还穿着一件哈里斯斜纹软呢夹克衫。

弗姆问：“你要解剖他吗？医生。”

D.M.O. 噘起嘴唇，没有回答。他做了两件事。他脱下库费先生结实的黑靴子，说了句“靴子不错”，翻开库费先生的右眼皮，然后将他的双眼合上。

“心脏的问题。”他说，接着填了表格。

“我也是这么想的。”卢奇曼说。

D.M.O. 这么快就下了结论，从事殡仪业的谭伟很高兴，虽然他脸上没有表现出来。谭伟是个华人，个头很小，很活泼，他在特立尼达中部发动了殡葬改革。他在查瓜纳斯有一家宽敞明亮的大店铺，带有明亮的橱窗。橱窗里展示着各种尺寸各种木料的棺材，有简朴的，有抛光的，有些有银把手，有些根本就没有把手，有些盖子上装有玻璃窗，透过那些玻璃窗，你可以看到死者的脸，有些则没有那样的窗户。每一副棺材都有价格标签，有时候会有提示：“柏木制的同款价格七十三美元。”还有墓碑，价格标签上写着：“带底座的同款价格一百二十七美元。”谭伟的口号是：实惠而优雅。因为要实惠，他放弃了用马拉棺材，改用灵车。优雅需要付出代价。谭伟在特立尼达电台赞助了一个每周十五分钟的节目。和他的节目类似的有一档节目叫“阳光时刻”，风格是那种安静肃穆式的。而谭伟为他的听众播放十五分钟唱片，歌曲来自不同的地方，旋律很欢快，他称这节目为“遥远的地方”。

谭伟马上开始工作。他从不浪费时间吊唁死者。不过他希望把事情做到最好。库费先生被放进一口比较贵的棺材里。

现在，库费先生去世的消息在埃尔维拉已经掩盖不住了。

D.M.O. 在死亡证明上签字后不久，弗姆和吉德伦金就带来很多朗姆酒、咖啡和饼干。消息传了出去，人们开始聚集，一开始还比较严肃，但等大家开始喝朗姆酒，一切都好起来。哈班斯走进守丧者的队伍里，好像他们是他的客人似的。每个人都知道，哈班斯承担了守丧的所有费用，他们对此表示感激。经常来听库费先生布道的几个女信徒穿着白衣服、戴着白帽子来了，她们坐在客厅里，唱着赞美诗。男人们情愿待在院子里。他们坐在库费先生那棵大杏树下的长凳和椅子上，在大烛台下方喝酒聊天。

巴克什来了，虽然没人理他，他却一点也不谦卑。他没说选举的事，却说了许多故事，关于库费先生的好心地。守丧者对他说的并不感兴趣。正式说来，巴克什还是候选人，还控制着一千张穆斯林的选票，但他在政治上是个失败者，每个人都知道这一点。他自己也知道。哈班斯的黑咖啡很淡，巴克什喝了一杯又一杯，极力装出很开心的样子，其实谁也骗不了。

他怎么都觉得不自在，在院子里，他一会儿加入这群人，一会儿又加入另一群人，想说点让别人感兴趣的事。“我跟你们说，伙计们，”他说了一遍又一遍，“我昨晚还看到老考费好好的。我经过他家，向他问好，他还回问了我。”

巴克什在编故事，没人在意他。而且，前一天见过库费先生的人太多了。

巴克什喝了不少酒。很快，朗姆酒起作用了，让他忘了选举策略，话越来越多，也给了他启发。“你们知道考费为什么死得这么突然吗？”他问，“来，猜猜他为什么死得这么突然？”

卢奇曼说：“时间到了，自然就死了。就这样。”

印刷商哈理查德也在场。他说：“考费的死法让我想起塔尔玛索的死法。你们这里有人记得老塔尔玛索吗？塔尔玛索有一匹全世界最懒的马。”

“你们没人要猜为什么考费死得这么突然吗？”巴克什愤怒地问。然后他的语气又缓和下来。“好吧，我告诉你们。是因为那条狗。”

哈理查德竖起耳朵。“之前那条狗？”

巴克什把杯子里的酒一饮而尽，语惊四座。“之前那条狗。”喝完酒后，巴克什的整张脸不再那么冷酷。他的小胡子不再粗硬，垂了下来。眉毛也垂下来，眼睑疲惫地挂在红红的眼睛上。脸颊也松弛了些。此人自信满满地说：“就是之前那条狗。考费撞倒那条狗，踢了那可怜的小东西五六下。赫伯特警告过他，如果他踢了那条狗，他会不得好死。但你们知道考费是一个多么顽固和硬心肠的人，他从来不听任何人的。所以，他踢了那条狗，然后，他就死了。”

拉姆皮阿里的丈夫醉醺醺地说：“不过，人已经死了，我不想听到任何人说他的坏话。”

“确实，”哈理查德说，“不过，考费刚坐下就死了，让我想起塔尔玛索是怎么死的。塔尔玛索是个割草工。哎，不过我不知道塔尔玛索到底是什么时候得到那匹马的。全世界最懒的马。非常非常懒。嗒，嗒，嗒。”哈理查德用舌头发出短促的声音，模仿那匹马的蹄声。“嗒，嗒。它就是这么走路的。像是在葬礼上。抬起它的脚，好像双脚是铅做的：今天一下，明天一下。嗒，嗒，嗒。后来，塔尔玛索拿起鞭子，抽过去，啪！啪！啪！马就这么走：嗒嗒－嗒－嗒－嗒－嗒－嗒。嗒。嗒。嗒。啪！嗒－嗒嗒－嗒－嗒。嗒。嗒。不过你不能笑塔尔玛索的马。塔尔玛索会追着你到处跑。马每天早上都会嘶叫，像是要叫醒塔尔玛索似的。马一嘶叫，塔尔玛索就起床。一天早上，马叫了，但塔尔玛索没有起来。只有塔尔玛索的老婆起来了。你们知道，塔尔玛索的老婆以前经常惩罚塔尔玛索。马再次嘶叫。但塔尔玛索还在睡，睡得很沉很沉，睡得香极了。他老婆开始咒骂。用印地语骂。她摇塔尔玛索，马还在嘶叫，塔尔玛索仍在睡，像个孩子一样。他老婆推他，他从床上滚下来。僵硬的。他老婆开始号啕大哭。马叫个不停，他老婆哭个不停。塔尔玛索死了，马再也没有动过。”

“它怎么了？”

“你说马？跟塔尔玛索一样。坐下去就死了。”

拉姆皮阿里的丈夫喊道：“看，传教士来了。现在三位候选人都在这里了。”

传教士没有匆匆进门。他拖着沉重的步子慢悠悠地走进院子，吻了一下右手，然后朝人群无精打采地挥手以示祝福。他们像看失败的候选人那样同情地看着他。他白色的长袍布满了汗渍和灰尘，但他没有流露出丝毫惋惜的表情，不管是对选举，还是对库费先生的死：他宽容的眼睛里仍然布满了血丝，看起来神情恍惚。

与其说人们对传教士的到来感兴趣，不如说他们对新来的失败者感兴趣。传教士没带工作人员，也没带石头和《圣经》。但他并非一个人。他左手挽着梵学家达尼拉姆，达尼拉姆泪流满面，显然极为伤心。

马哈德奥说："我知道这次守丧是达尼拉姆的主意。但他哭得也太过分了，你们听。"

弗姆随后进来。"达尼拉姆家没有咖啡。"他宣布。

"达尼拉姆的老婆也死了么？"哈理查德问，还笑了起来。

吉德伦金拎着一台很大的五管收音机摇摇晃晃地走进来。这是他自己的收音机，交给任何人他都不放心。

女人们在客厅里唱赞美诗。院子里，一些男人在唱卡里普索[1]。

> 奥雷利死了！
> 奥雷利死了，留下钱财，
> 留下钱财，留下钱财。
> 奥雷利死了，留下钱财，
> 给我们买朗姆酒。

吉德伦金和弗姆摆弄着大篷车里扩音器的电线，将它们接到收音机

①一种起源于西印度群岛的即兴讽刺歌谣。

上。收音机不断发出尖厉的声音。

“嘘！”

唱赞美诗的安静下来。唱卡里普索的也安静下来。只有达尼拉姆还在哭泣。

收音机响了。一个女人用嘶哑的声音慢慢地唱：

我已经找到了我的男人，
我已经找到了我的男人。

然后是让人敬畏的男女合唱：

她恋爱了：
她漂亮了：
她用旁氏护肤品了。

哀悼者中有人低声抱怨，表示失望，但电台播音员的声音让他安静了下来。“这里是特立尼达电台和黄金网络转播。”他报了时间。喇叭发出刺耳的响声。

“嘘！”

又是刺耳的喇叭声。

“听。”

现在是“加勒比人”时间！
现在是“加勒比人”啤酒

时间！

哀悼者躁动起来。吉德伦金负责收音机，他觉得要对从里面传出来的内容负责。他用安抚的眼神看着大家。

收音机里传出庄严的风琴声。

“啊。”

播音员跟音乐一样严肃。“我们受托宣布死讯……”

拉姆皮阿里的丈夫忍住没有叫出声来。

不过，埃尔维拉人对第一条死讯不感兴趣。

风琴声将在卧室忙于打理库费先生的谭伟吸引出来。唱赞美诗的那些人给他挪出空间，充满敬意地看着他。他双手紧握，低头看着自己的鞋子。

风琴声又响起来。

“来了。”

“我们也受托宣布约瑟夫·库费先生的死讯……”

下面传来一声长长的、满意的叹息声。拉姆皮阿里的丈夫又一次不得不忍住。

……今晚逝于纳帕罗尼郡的埃尔维拉。承蒙苏鲁吉帕特·哈班斯先生的慷慨解囊，已故的约瑟夫·库费的葬礼定于明天早上举行，从吉德伦金珠宝公司附近的丧家出发，经过埃尔维拉的主干道，一直到埃尔维拉公墓。恳请各位亲友接受通知。

接下来又开始放音乐。

音乐一结束，谭伟松开手，消失在卧室里，接着打理库费先生。一个女人唱道：

> 用高露洁刷牙，
> 高露洁牙膏。

“把这些该死的东西拿走。”拉姆皮阿里的丈夫喊道。

> 它清洁你的牙齿，
> （一颗、两颗）
> 它也保护你的牙齿。

收音机被关掉了。女人们继续唱赞美诗。

人们开始注意到梵学家达尼拉姆的悲伤。很多人觉得他是在卖弄：“毕竟，考费是传教士最好的朋友，传教士都没哭。”传教士还在安慰达尼拉姆，轻拍着悲痛欲绝的梵学家。当公告从收音机里传出时，传教士还特别用力用心地抓着他。现在，传教士把他送到卧室。

卧室里很闷。窗户是关着的，百叶窗也放下来了。照片被反着扣在墙上，毛巾盖在镜子上。谭伟和他的助手们在乙炔灯光下工作，灯是他们自己带来的。蜡烛在大床床头徒劳地燃烧着。那些助手们一言不发，正在为库费先生准备冰柜。库费先生的尸体没有一点尊严。这人的坏脾气，他凶狠的表情，都永远消失了。他只是看起来非常麻木，非常苍老。身体已经被洗净，被毛毛糙糙地穿上亮闪闪的蓝色斜纹哔叽布料衣服。这身衣服，埃尔维拉人在很多个周五的晚上都见过。

传教士放开梵学家达尼拉姆，看着库费先生，好像在看一幅画。他将手放到他的下巴上，把他的头转过来，慢慢地上下移动。

达尼拉姆还在哭。

这没有使谭伟感到不安。他只看了达尼拉姆一眼便不再看他。他还在尸体上忙碌，做最后的润色。他正把樟脑球放到鼻孔里，这项工作看起来有点不大方便。库费先生的鼻孔很大。谭伟必须先将樟脑球用棉絮包起来，再把它们放进去。谭伟有个让人担心的习惯，他经常将一个手指伸到自己的鼻孔下，好像他的鼻子老流鼻水，又好像他能闻到别人闻不到的气味。

达尼拉姆和传教士离开房间时，碰到了吉德伦金。达尼拉姆几乎撞到吉德伦金的肩膀上，因为要去拥抱他，他不得不弯腰。

“这事你有点过分，知道吗，达尼拉姆。”吉德伦金说，“你骗不了任何人。”

“她走了，金匠。”达尼拉姆哭着说，“她走了。”

“谁走了？达尼拉姆？”

“新娘走了，金匠。她跟洛克胡走了。”

“来，坐下来喝点咖啡。”

“她带着她的衣服和首饰走了。她走了，金匠。现在没有人照顾我和我家里的老太婆了。”

屋外，男人们正在唱一首有关选举的卡里普索：

我告诉我的姑娘，

把东西备好。

他们来要选票时，

就泼他们满脸。

喝酒唱歌持续了整个晚上，直到凌晨。然后他们把库费先生埋了。传教士做的祷告。

十三　民主扎根埃尔维拉

在库费先生的院子里，大烛台已经燃尽，上面蒙了一层露水。清晨静止的空气里还有一股陈年朗姆酒的味道。杏树下的长凳横七竖八地摆着，很多都翻倒在地，上面沾有露水、咖啡、朗姆酒，湿漉漉的。长凳周围，在被踩踏过的枯杏叶中，到处都是空瓶子和玻璃杯，以及还剩有半杯咖啡的搪瓷杯。库费先生房子矮地板下的灰尘里还有更多的瓶子和杯子。房子是空的。窗户和门都敞开着。

车队出发的时间到了。

吉德伦金家门外的出租车都装扮得花里胡哨，乱七八糟地停着。散热器和车背上挂了横幅，车门上贴有海报，上面的糨糊还是黏黏的。出租车司机们喜气洋洋。他们都戴着扁平的遮光眼罩，正面印着红字“尽力量”，反面印着“选心脏”。

在太阳的照耀下，有些出租车司机变得烦躁起来，移来移去想找个更有利的停车位。随后他们争吵起来。空气中回荡着各种奇怪的骂人的话。

后来出现了一个洪亮的声音，从扩音器里传出来的，充满威严：“排好队，乡亲们！乡亲们，保持好队形！请求你们，恳求你们。”

说话的是巴克什。

没有正式的商议或通知，他在为哈班斯竞选。他开着宣传车，在出租车队伍里来回跑，时而指挥，时而谴责，时而鼓励：“全世界的目光都在看着你们，乡亲们。到队伍里去，到队伍里去。让道路保持畅通。别在世人的注视下让自己蒙羞，乡亲们。”

他的警告起了作用。不久，车队准备出发。

哈班斯、吉德伦金、达尼拉姆和马哈德奥坐在第一辆车里。人们跑到路边大喊：“尽力量，伙计！选心脏！”达尼拉姆太沮丧了，马哈德奥太累了，对人们的热情，他们没有回应。

巴克什夫人和巴克什家年幼的孩子们坐一辆车。巴克什夫人现在不仅不反对竞选，实际上还乐在其中，虽然她装出漠不关心的样子。她将孩子们打扮一新。卡罗尔和吉拉的头发上系了缎带，拿着什么也没装的白色小手包，还有从香港买来的小纸扇。男孩们穿了袜子，打了领结。赫伯特和拉菲克一直朝更穷的人家的孩子挥手，直到吉拉说：“赫伯特，拉菲克，别自降身份。”他们才停下来。

巴克什和弗姆坐在宣传车里。巴克什尽量讨好哈班斯，以弥补之前带给他的损失和伤害。他说：“这里是巴克什……之声。这里是马祖鲁斯·巴克什。这里是巴克什……之声，请求你们每一个人，埃尔维拉的乡亲们，选最受你们欢迎的候选人苏鲁吉帕特·哈班斯先生。记住，埃尔维拉的乡亲们，我，马祖鲁斯·巴克什，不再参选了。我现在支持苏鲁吉帕特·哈班斯先生。为团结起见，乡亲们。这里是巴克什……之声。”

然后弗姆播放了理查德·陶伯的竞选歌：

哦，亲爱的，

我们是否曾经说再见，

我知道我们都会死，

我的心和我。

巴克什继续说："乡亲们，不要让任何人愚弄你们。选心脏。用黑色的铅笔划叉，乡亲们。是黑色的铅笔，不是红色的铅笔和钢笔。尽力量。这里是巴克什……之声。"

车队安排得很好。一辆货车单独运食物——烤肉、烤饼和加了咖喱的山羊肉。还有一辆车运烈酒和软饮料。路上出了点小状况。有两三辆车抛锚了，不得不被拖开。车队一度兴致勃勃地驶出了埃尔维拉，跟邻近选区其他候选人的车队混在一起。当扬起的尘土落下后，吉德伦金发现，由候选人、竞选委员会和宣传车组成的前队同运食物和酒水的后队脱节了。

一辆加长灰色大篷车停下来。那辆车属于特立尼达电影局，他们在为殖民部拍有关殖民地政治进步的纪录片，解说词将由一位住在伦敦、不大出名的英国诗人用诗歌般的语言撰写。除了司机和前排座椅后一堆乱糟糟的设备，车里还有一位黑人摄影师。摄影师的打扮符合他的职业：绿色遮光眼罩，未点燃的雪茄，宽大鲜艳的领结，宽领衬衫的领子敞开着，袖子整齐地卷到前臂中间。摄影师咬着雪茄，估算着哈班斯的车队减少的数量。

吉德伦金走到他面前。"你在拍照吗？"

摄影师还在咬着他的雪茄。

“如果你在拍照，那给我们候选人拍一张。”

哈班斯对着摄影师淡淡一笑。

摄影师咬着雪茄，对他的司机点头，然后车便开走了。

“这些天大家都想要贿赂。”吉德伦金说。

他派弗姆开着宣传车去找车队的其他车。弗姆在离皮亚尔科机场附近一条岔道不远的地方碰到他们。装食物的卡车已经被洗劫一空，装酒水的卡车也被吵闹的人群包围了。哈理查德在那儿，卢奇曼、塞巴斯蒂安、哈克和拉姆皮阿里的丈夫都在那儿，拉姆皮阿里的丈夫缠着绷带的腿活动自如。

弗姆将他们全都赶跑。随后一切正常。

巴克什试图最后一次制造麻烦。

那是在车队游行之后，傍晚时分，当时哈班斯正坐在吉德伦金家的客厅里，一张一张地签汽油券。他给每辆车六加仑汽油，在选举那天用。巴克什说六加仑不够。

哈班斯说：“哦。巴克什，用完后你再到我这里来，我再给你一张券。”

巴克什哼了一声。“哈！你是这么竞选的？你的意思是，我的油用完了，我得放下手头的工作？放下手头的工作，到处去找你？到处找你，找你再给我一张券？拿到另一张券后再去加油？加了油后再回去干之前为了来找你而停下来的工作……”他把他的理由又说了一遍。

出租车司机们醉了，没有太留意，要不是出了点小状况，巴克什的抗议根本不会起作用。

吉德伦金自己出钱让他的工人给哈班斯的代理人和出租车司机做了些心形装饰扣，在选举那天戴。车队到达后不久，弗姆便下楼去分发这些装饰扣。装饰扣用鞋盒子装着。台阶最下方一个出租车司机想抓一把。那个司机喝醉了，兴致很高，别的也没什么。但弗姆很凶。他被那些庆典活动累垮了，先是为库费先生的守丧，然后是车队的事情。

弗姆说："把你的贼手拿开！"说这样的话已经够糟糕了，但弗姆在说这句话时火气噌地一下蹿上来，又加了一句："我要让你等到最后拿扣子。"

当他最后给那个司机发扣子时，他拒绝了，"我不要。"

"快点。你刚才不是要抓吗？拿扣子。"

"不要该死的扣子。你们这些人就像那些该死的公务员，把老百姓的手推开，好像老百姓的手很脏似的。"他抬高了嗓音，"我的手不脏，听到没有？你听清楚了吗？我是个出租车司机，但我每天都洗澡，听到了吗？我的手不脏，听到没有？"

大家都围过来。

"拿你的扣子，伙计。"弗姆说。

其他出租车司机已经神气地戴好了装饰扣。

弗姆试图把装饰扣别到那个司机的衬衫上。

司机把他推开，弗姆差点摔倒。

那个出租车司机跟周围的听众说："他们想用老百姓的车，但他们不想给老百姓装饰扣。我问他要一粒小装饰扣，这人把我的手推开，还威胁要打我。他给每一个人装饰扣。每一个人。当他来到我面前，径直走了过去。我是条狗吗？我的名字是雷克斯[①]？我汪汪叫吗？嗯，我不是狗，我的名字不是雷克斯，我不会要他妈的装饰扣。”

弗姆的策略不对。他试着讲道理。他说：“我威胁要打你吗？还是你想把整盒扣子抢了去？”

司机大笑。他转身背对着弗姆走开了，出租车司机们为他让出一条道来。然后，他又转身朝弗姆走来，出租车司机们又围拢上来。“你们这些人都是这样的。你们为这次选举花了些钱，现在，在这倒数第二天晚上，你们就开始欺负人，侮辱人，自私自利。”

弗姆继续讲道理。“我侮辱人了吗？”

但没有人听。

另一个出租车司机说：“今天，他们在发吃的那会儿，我连闻都没闻到。我走过去问，他们说发完了。我走过去问他们要一点格罗格酒，他们把我赶走。哈班斯花了很多钱，但如果他输了，是那些帮他竞选的人负责。我的意思是，伙计，没有吃的，没有格罗格酒。如果说出去，这样的事情不好听。”

后来就讲到汽油的事。

“六加仑不够。”巴克什说。

另一个说：“你们知道他们在西班牙港给出租车司机多少吗？三十美元一天。而且，他们给你把油箱加得满满的，听到没有？而且西班牙港的路也很好，不会磨损车子。”

---

①常用的宠物名。

事情马上变得更糟。

吉德伦金、马哈德奥和哈班斯在楼上，被越来越多的出租车司机包围着。吉德伦金每叫一次汽油的数量、出租车号码、司机的名字，哈班斯就填一张汽油券。他们没有用雪松餐桌，那太奢侈了。吉德伦金把厨房里的一张大桌子搬出来，在上面铺了报纸，然后将它像柜台一样塞在客厅跟游廊中间那个门口。司机们挤在桌边，等着哈班斯在汽油券上填写和签名。马哈德奥还想让司机们排好队，但没用。他们喊的喊，骂的骂，笑的笑，埋怨的埋怨。他们的鞋子在铺了瓷砖的地上摩擦，发出尖厉的声音。哈班斯填好了签名，填好了签名……忙得晕头转向，顾不得抬头看。

大家那么拥挤，吉德伦金感觉楼下出事了，他派马哈德奥去看个究竟。马哈德奥跑回来说，除非给每位司机至少十加仑汽油，否则他们第二天罢工。

围在桌边的出租车司机们也跟着起哄。

“十加仑，先生。我的车是辆美国大车，不是英国那种火柴盒大小的车。我的车一加仑汽油才跑十五英里。六加仑汽油对我的车来说什么都不算，先生。”

“在西班牙港，他们会把油箱加得满满的。”

“让哈班斯当心。他以为他只是省了两加仑汽油。如果他不小心点，他就为自己省了每周五下午到西班牙港去坐在立法委员会办公室里的麻烦。”

即便是吉德伦金那样威严的人物也平息不了司机们的骚动。

“马哈德奥，”吉德伦金喊道，“下去告诉他们，他们会得到十加仑。那些只得了六加仑的，让他们上来再领一张券。”

哈班斯顾不得停下来思考。

吉德伦金小声对他说：“十加仑。司机叫拉布奇。他的出租车号码是 HT3217。”

哈班斯写啊写。如果他停下来想一想，他会崩溃大哭的。他布满皱纹的手不停地出汗抖动。他从来没有一次写过这么多字。

马哈德奥走下楼，宣布了那条有安抚作用的消息。

黎明前，埃尔维拉沸腾了。低低的薄雾笼罩着小山，预示着闷热的雷雨天。随着黑暗退却，雾气沿着陆地的轮廓慢慢消散，一层一层变薄。每一棵树都显现出来。太阳很快就会出来，薄雾会消退，树会变成不透光的绿色灌木，投票会开始。

七点开始投票，但有趣的事在那之前就开始了。埃尔维拉庄园给工人们放了一天假，公共工程部也给工人们放了一天假。吉德伦金让他的两名工人那天不用干活，穿上干净的衬衫。巴克什那天也不干活。他起得早早的，径直跑去同拉姆皮阿里的丈夫和其他人庆祝。弗姆一起床便跑到吉德伦金家。哈班斯已经在那儿了。哈班斯本想在埃尔维拉过夜，但考虑到出租车司机们那种不敬的态度，吉德伦金劝他不要在埃尔维拉过夜。

根据吉德伦金的说法，马哈德奥一大早就表现得一点廉耻都没有。他喝醉了，更糟糕的是，他是跟敌人喝醉的。

吉德伦金戴着帽子，身上的衬衫优雅整洁，他说：“我实在想抬起我的手，用手肘把马哈德奥好好地敲一顿。我碰到他跟一些无所事事的人喝酒，我说：‘马哈德奥，你为什么跟这些无所事事的人喝酒？’我希望得到一个直接的答案。但那个家伙喝得太多了。他告诉我，他跟那些人喝，因为他想知道风往哪边刮。”

七点，七点左右，投票站开门了。不久便排起了长队。代理人坐在还带着露水的树根上，在复印的选民名单里用记号标出名字，给投票者发卡片，教那些健忘的人怎样打叉。“不，老人，他们不要两个叉。”“啊，夫人，他们不是要你画蝎子。是画一个叉。看……”“不，伙计，他们不是要你选所有人。你只用在心脏旁边打个小叉。尽力量，伙计。”“你想杀了他还是怎么？不是在心脏里面，伙计。”

弗姆的任务是确保组织工作有序地进行。他得留意装食物的卡车有序地供应食物。严格说来，这些食物是给那些代理人和其他官方工作人员吃的，但还有很多人也想来沾点好处。他还要时不时地跑到投票站去监督有没有人要花招。

十点的时候，弗姆报告说：“学校那边的投票磨磨蹭蹭的。”

“磨磨蹭蹭？”

“投一张票要花六七分钟。”

吉德伦金说：“我一直感觉那人会制造麻烦。你最好去见见他，哈班斯先生。”

哈班斯明白他说的是什么意思。

他走到学校，弗朗西斯老师的地盘，但现在放假，弗朗西斯老师不在学校，他到西班牙港去了。

队伍很长，大家都在抱怨。

弗姆说："很多人都走了，因为他们不想一直站着。"

现场工作人员是个欢快的年轻黑人，他跟哈班斯打招呼，毫不掩饰他的热情。"哈班斯先生，今天对您来说真是个好日子。"

"哦，我听说你这里有点麻烦。"

"他们连自己的名字都不知道，哈班斯先生。"

"不过他们不是有编号吗？"

工作人员的笑容没有停止。"我不想知道他们的编号。想知道他们的名字。"

"哦。当他们告诉你他们的名字，你花很长时间在名单里找，有时候，你要他们写下他们的名字？让我们一起看看选举规则。"

工作人员喜形于色。

哈班斯从后面的裤袋里掏出一本对折的橙色小册子。他把册子打开，这样就只有他和那位工作人员能看到里面的内容。是张十美元的纸币。

工作人员说："嗯，我知道您的意思了。是我的错。把这些规则留在这儿就行，哈班斯先生。"

弗姆还是很担心。"在这个地方，你再怎么小心都不过分。在特立尼达，除非已经领到了第一笔工资，否则你不敢说哪位候选人赢得了选举。我们得跟着投票箱到镇长办公室，否则，你不知道他们会玩什么鬼把戏。"

为完成这项任务，他和吉德伦金选了几个可信赖的坐过牢的家伙去。

一个人问：“你想要我带弯刀吗？金匠。”

“我不想要你再进一次最高法院，”吉德伦金说，“带根棍子就行了。”

达尼拉姆整个上午都待在家里。新娘不在家，他不得不给他老婆倒痰盂，还得为她做饭，将她从床上抱起来，整理床铺，然后将她放回去。他没时间考虑选举的事，但当他走到吉德伦金家，他宣布：“哈班斯先生，科多巴一切都很顺利。我整个上午都在那边。”

吉德伦金挤出一丝笑容。“有意思的是你没见到弗姆。弗姆整个上午都在到处跑。”

达尼拉姆换了个话题：“我也被新娘和洛克胡搞得心力交瘁。”他确实看起来很憔悴，肤色更黄了，眼睛更小了，更红了，没了光亮。

但哈班斯不会同情他。弗姆从投票站带回来的消息让哈班斯确信，他实际上已经赢得了选举。

他一直在同吉德伦金和达尼拉姆开小玩笑。

“我想知道支票是什么颜色的。”

吉德伦金没能融入玩笑的气氛中。“我觉得他们不是用支票给立法会议员付工资。我想你会得到某种券。然后在国库里换成钱。”

“但你觉得那种券是什么颜色的？”

“所有政府的券都是白色的。”吉德伦金说。

“哦，哦。我还以为至少是粉色或绿色的，或者类似的颜色。金匠，是吗？哦，哦。只是白色的，是吗？”他笑了笑，在吉德伦金的背上拍了拍。

吉德伦金维持着重心，以免摔倒。

“现在能确保你赢的是下一场雨。”他说。

“哦，哦。”哈班斯戳了一下达尼拉姆的肋骨。达尼拉姆痛苦地笑了笑。“听金匠说，梵学家。雨！哦，哦。”

“雨会将那些要去给传教士投票的人挡在家里。传教士没车接他们到投票站去。我们把所有的车都叫过来了。”吉德伦金解释说。

“哦，金匠，你怎么能希望那个可怜的人那么倒霉？我没什么与传教士过不去的，伙计。嗯？达尼拉姆。”

“我也没什么跟他过不去的。”达尼拉姆说。

“讲到出租车，让我想起，”吉德伦金说，“昨晚闹事的头头今天上午甚至都没有出现过。”他查了一下记录纸。“欧马达。HV5736。”

“哦。HV5736，是吗？”哈班斯笑着将那个号码记在一个小笔记本里。“我们会收拾他，金匠。会派个警察跟着他。乱停车，超速，超载。从现在开始，他花在法院里的时间要比开出租的时间多。是不是？金匠。是不是？达尼拉姆。”

巴克什那天上午同马哈德奥、拉姆皮阿里的丈夫，以及哈理查德一起喝酒。马哈德奥甚至连票都没有投。他全忘了。

中午时分，拉姆劳干关掉店铺，走到哈班斯那儿。

“哦，拉姆劳干，伙计。”哈班斯向他打招呼，“当心！伙计。”拉姆劳干哈哈大笑。

“当心，拉姆劳干。哦，你胖得像个球了。哦，他要爆了。哦。”哈班斯朝拉姆劳干的肚子戳了一下。

拉姆劳干笑得更响亮了。“你已经赢了，哈班斯先生。”

哈班斯露出整齐的假牙，戳了一下达尼拉姆的肋骨。“他怎么能这么说，嗯，梵学家？他怎么能这么说？哦，拉姆劳干！”

“但你确实赢了，伙计。”

“哦，拉姆劳干，你不能那么说。你在损我。”

那天下午，越来越多的人跑来祝贺哈班斯。甚至那些曾经说要去给传教士投票而且确实为传教士投了票的人也来到吉德伦金的店里。一个人说（不是对特定某个人说）：“我是个木匠。传教士不能给我木工活干。传教士和那些选传教士的人不造房子。”

警察的态度变了。上午他们还一副小心翼翼、拘谨克制的样子：他们大多来自别的区，对候选人的前景知道不多。下午，他们便尊敬地对待哈班斯和他的代理人。他们招手、微笑，尽量不露出警棍。

后来，吉德伦金的愿望实现了。天下起雨来。道路变得泥泞不堪，滑溜溜的。那些代理人不得不从树底下挪到屋檐下。出租车的车窗玻璃被摇上去，变得模糊不清，里面蒙了一层雾气。

到下午三点钟，打算去投票的人都去投了。投票率很高，超过百分之八十三。这么高的投票率在官方的报道中被称赞了一番。

弗姆最后的任务是监督学校投票站的投票箱。他五点钟跟一个出租车司机过去，在那里等着。通过敞开的大门，弗姆能看到里面的工作人员，那个上午组织投票时慢吞吞的家伙。他正坐在弗朗西斯老师的桌边，两边各站一名代理人，一边是哈班斯的代理人，另一边是一个黑人姑娘——传教士为数不多的代理人中的一个。投票箱看起来有点旧，褐色的，显得毫不起眼。弗姆能看到那名工作人员拿出票来数。

哈班斯的代理人来到门口，朝弗姆挥手。

弗姆大声说："你这个笨蛋。回去监督他们。"

代理人是个瘦瘦的年轻小伙子，几乎还是个男孩，腰细得吓人。他说了句"一切都在控制中，伙计"，便又跑回桌边。

他们一直盯到天黑。

一直在学校外面闲荡的警察走上混凝土台阶。那个工作人员对他说了点什么。警察走下台阶，穿过马路，喊道："贝尔曼！"他说话带有很重的巴贝多口音。

一个中年黑人出来走到游廊上，他穿着洗得褪了色的卡其布裤子和厚厚的法兰绒背心。

"贝尔曼，你有灯吗？他们想借盏灯过来。"

贝尔曼拿出一盏油灯。没有灯罩，火焰摇摇摆摆，蹿得老高，周围一圈浓烟。

贝尔曼说："我把账目报到镇长那儿。"

警察笑了笑，把灯拿到学校。验票还在继续。显然，验票出了点差错，因为投票箱又被倒空，选票参差不齐地在桌上堆成白色的一堆。

出租车司机说："如果那个代理人不小心看着，他们就会在这里玩大花样。"

警察看了看弗姆和出租车司机，挥舞着他的长警棍，随意警告一下。

哈班斯的另一辆出租车开过来。司机探出头来问："你们这里的结果出来了吗？"

哈班斯的代理人听到声音便拿了张纸走出来。"初步出来了。"他边说边笑着将纸递过去。

"快点回去，"弗姆说，"去监督他们。"

代理人笑了笑，回去跑上台阶。

弗姆的出租车司机说："选举需要的是能干的代理人。非常能干的代理人。"

他们看了那张纸。

弗姆念道："哈班斯三百二十五票，托马斯五十七票，巴克什二票。"

另一个出租车司机吹了声口哨。"我们已经四处通知了他们。但有些人根本就不听，伙计。那个人要他们不要选巴克什，但他还是得了两票。"然后他传达了他那边的消息："在科多巴，哈班斯三百七十五票，托马斯十九票，巴克什零票。还是在科多巴，第二个投票站，哈班斯三百四十五票，托马斯二十一票，巴克什零票。"

弗姆的出租车司机说了声“呀”，然后拿起仪表板架子上的朗姆酒喝了一口。

另一个出租车司机开车离开。

箱子被封了起来，签了名。

弗姆忍不住为传教士的代理人感到难过。她曾经在库费先生的守丧上唱过圣歌。她从容地坐在桌边，勇敢而坚定。而哈班斯的代理人，令弗姆和出租车司机厌恶的是，正跳来跳去，不知道在干些什么。

贝尔曼将手伸出窗帘外，喊道：“喂，我的灯你们用完了没有？要花镇长六分钱，你们知不知道？我敢肯定你们已经燃了六分钱的沥青油了。”

他们完成了。箱子封了起来，签了名，被拿到台阶上。警察把灯还给贝尔曼，然后回到那个女孩和哈班斯的代理人以及投票箱那儿。工作人员在给学校的大门上锁。

弗姆大喊：“你们到底在等什么？”

哈班斯的代理人笑了笑。

他们等了大概二十分钟。

那个工作人员回家了。那个女孩——传教士的代理人也回家了。哈班斯的代理人说：“真笨。弗尔姆，现在你可以自己看投票箱。我饿死了。”

弗姆说：“好。走。但我会给你记下来。你饿了吗？你没吃东西？运食物的卡车没给你带吃的来？”

“什么运食物的卡车？我连看都没有看到。大家都跟我说过这辆有名的运食物的卡车，但我什么都没有看到。”说完他便回家了。

弗姆跟他的出租车司机说："你要从这件事吸取一个教训。永远不要预付酬劳。"

警察在黑暗中咳个不停。

"把车灯打开。"弗姆对司机说。

车灯打开后，警察就不咳了。

出租车司机去走了一会儿。然后弗姆也去走了一会儿。警察还在等着。

将近七点半，看样子没人要对投票箱怎么样，弗姆没了耐心。

他走向警察。"你在等什么？"

警察说："我不知道。他们只是要我等。"

"你想搭车去镇长办公室吗？"

"你们要去那里吗？"

他们将警察和投票箱带到镇长办公室。

弗姆听到镇长办公室隔壁的院子里传来喇叭声——他父亲的声音。他还听到人群热情的呼叫声。显然，有些结果已经被复核过，并作为官方数据发布了。

他们将警察和投票箱送到后便开车穿过人群，来到院子里的一块空地上。

巴克什在广播："跟警察好好合作。不要出车祸。遵守公路法规。这里是巴克什之声，要你们遵守公路法规，不要出车祸。进来一点点，女士们，先生们。进来一点点。又一个结果刚送来了。但先进来一点点。这里是巴克什之声，请求你们恳求你们遵守公路法规，不要出车祸。又来了一个结果。来自科多巴，第一投票站。又来了一个结果。从科多巴第一投票站来。最后结果。巴克什零票。

巴克什零票。”

群众喜欢听这样的玩笑。

“哈班斯三百六十四票，哈班斯三百六十四票。”

群众高声喊叫。

“进来一点点，女士们，先生们。遵守公路法规。遵守公路法规。托马斯四十五票。”

人群高呼“呀”，人们不自觉地敲打车盖。

巴克什趁停顿的间隙又喝了口酒。人们的欢笑声被扩音器放大。有人说：“让我用一下扩音器。遵守公路法规，女士们，先生们。遵守……”巴克什的声音马上插进来，用日常交谈的口吻说：“我今晚是为政府干活，你知道吗？不是为任何人和大家干活。而是为政府干活。”然后他又用官方的口吻说：“托马斯四十五票。托马斯四十五票。”

巴克什说的是真的。他在为政府工作，作为官方发言人。为了得到这份工作，他出了很多钱。

扩音器安静了一会儿。

后来人群欢呼起来，狂热的喝彩声持续了好一阵子。哈班斯出现了。在胜利的时刻，他却显得有点难过和心不在焉。人们才不在乎。他们冲到他身边，将他举到他们肩膀上，把他送上宣传车，让他站到一块翼子板的旁边，然后从巴克什手里抢来麦克风，塞进哈班斯的手里，大喊：“演讲！”

巴克什试图把麦克风拿回去。

“这是政府的事，伙计们。你们想让我惹麻烦还是怎么样？”

哈班斯没有反对。“真的，嗯，巴克什？”他将麦克风递回去。

"女士们，先生们，跟警察配合。遵守公路法规。遵守公路法规，女士们，先生们。"

群众朝巴克什喊难听的骂人的话。有些还传到扩音器里。

"女士们，先生们，除非你们跟政府配合，除非你们跟警察配合，遵守公路法规，否则我不会公布此刻在我手里的最后、最终的结果。女士们，先生们，先进来一点点，女士们，先生们。不要挡路。不要出车祸。喝酒前先想一想。慢慢驾驶。安全驾驶。先进来一点点。最后结果。最后结果。跟警察配合。最后结果。最后非常重要的总结果。女士们，先生们，进来一点。"

哈班斯一直待在卡车的翼子板旁边，差点被忘记了。

"巴克什五十六票。巴克什五十六票。"

嘘声。讽刺的欢呼声。笑声。

"再重复一遍。最后结果。巴克什五十六票。哈班斯五千……"

人群一阵骚动。

"遵守公路法规。哈班斯五千三百三十六票。五三三六。"

人群涌到卡车周围，抓住哈班斯的脚踝和膝盖。有些人伸出手来想要跟他握手。哈班斯以惊人的力量抓住他们的手，热情地握住。

巴克什尽量平静地宣布，就像政府办事员那样。"托马斯七百……"

他们不想再听。

巴克什朝他们大喊，但没用。他喊啊喊，直到他们平静下来。

"女士们，先生们，你们没有配合。托马斯七百一十六票。七一六。因此，女士们，先生们，我宣布新当选的立法委员会尊敬的议员是苏鲁吉帕特·哈班斯先生。但在我把时间交给哈班斯先生之前，让我最后一次呼吁跟警察配合。遵守公路法规。”

站在翼子板旁边的哈班斯接过麦克风时泪流满面。从麦克风传出来的是放大的咕哝声。“我想感谢每一个人。我想感谢你，你，还有你……”

有人低声说：“还有警察。”

“……我想感谢警察，还有镇长和工作人员，我想感谢每一个选我的人，甚至那些没有选我的人。我想感谢……”眼泪让他无法继续讲下去。

巴克什又重新拿起麦克风。“配合一下，女士们，先生们。这就是新当选的立法委员会尊敬的议员，苏鲁吉帕特·哈班斯先生。”

弗姆在人群中到处找竞选委员会的成员。马哈德奥醉了，没用。达尼拉姆他没有看见。在院子黑暗的角落里，他看到吉德伦金正靠在一辆小车的散热器上。

“哎，金匠，我们成功了。我们赢了。”

吉德伦金将帽子压低，双臂交叉放在胸前。“你还想怎样？”

就在这时，传教士正飞快地从一家跑到另一家，感谢人们。

就这样，民主在埃尔维拉扎了根。

尾声　一箱威士忌

哈班斯那天晚上剩下的时间都在算账。出租车司机的钱要付清，拉姆劳干的朗姆酒账目要结付，汽油券要承兑，代理人的补贴要发放。所有这些都忙完后，哈班斯离开了埃尔维拉，打算永不回来。

但他曾经回过，就一次。

他是因为一箱威士忌回来的。拉姆劳干之前承诺送给获胜方的选举委员会一箱威士忌。拉姆劳干想让赠送仪式显得有气派，由新当选的立法委员会议员主持。吉德伦金觉得那样合适。他一直不赞同拉姆劳干当众赠送那箱威士忌，但现在他很高兴，因为有理由让哈班斯回来了。对于让儿子娶奈莉，哈班斯只字未提。吉德伦金知道竞选期间埃尔维拉的流言，知道人们在背后笑他。但那些只不过刺激得他更卖力地为哈班斯竞选。他自己花钱做了那些心形装饰扣。他几乎每天都穿走亲访友的服装，穿坏了一件衬衫，鞋子前掌磨破了。哈班斯把吉德伦金为他做的事情都看作是理所当然的。

赠送仪式定在投票日后的那个周五，在吉德伦金家的店铺外举行。长凳和椅子是从学校搬过来的。达尼拉姆提供皮特马克斯煤气灯。吉德伦金提供一张小桌和一块干净的桌布。他们把那箱威士忌放在桌布上。威士忌的箱子上印着“白马威士忌，苏格兰酿造，十二瓶”。他们在那箱威士忌上放了一面很小的英国国旗——拉姆劳干的主意：他想让整件事情显得合法而庄重。

哈克和塞巴斯蒂安很早就来了，他们并排坐在靠吉德伦金店铺的长凳上。哈理查德、拉姆皮阿里的丈夫，还有卢奇曼都来了。老虎也来了，在桌脚边闻来闻去。哈克发出嘘声想将老虎赶走，但它留了下来，在吉德伦金的露台上到处追赶想象中的味道。

弗姆穿得很正式，好像他要去西班牙港一样。

巴克什夫人问：“这三瓶威士忌你打算怎么处理？喝掉吗？”

“不。”弗姆说，“留着。等到圣诞节。然后在查瓜纳斯卖掉。圣诞节白马威士忌一瓶能卖到八美元。”

“你说得倒好听。但我觉得你父亲不会让三瓶威士忌一直安安静静地在屋子里放到圣诞节。”

“哦，那你最好告诉他不要碰那些酒。否则，我跟他之间就有大麻烦。”

巴克什夫人叹了口气。仅仅三个月前，如果弗姆那么说，她会打他一巴掌。但选举以某种方式改变了弗姆，他不再是小男孩了。

拉姆劳干非常精心地打扮自己。他用椰子油将身体擦了个遍，然后在浸有印度楝树叶的温水里洗了个澡，再用加拿大康复油涂了一遍身体，最后穿上他的蓝条纹三件套。胸前的口袋上挂了块手帕，而不是隐隐约约地露出来。超大的褐色鞋子被擦得锃亮。他甚至还买了一副鞋带。他没有穿袜子，也没有打领带。

吉德伦金穿了走亲访友的套装，马哈德奥穿了卡其布制服。

达尼拉姆不打算去那儿。失去了新娘，他非常悲伤，甚至对拖拉机也没了兴趣。他不明白他怎样才能找个人来代替那个女孩。他是个挑剔的婆罗门教徒。他不能让一个普通的仆人来照顾他的饮食。理想的是，他能再找到一个儿媳妇。

吉德伦金的店铺外，人群密集起来。人们从科多巴和普埃布洛路那么远的地方赶来。就像是库费先生的守丧重新开始了。

委员会的成员坐在吉德伦金的客厅里，弗姆对其他成员说："我感觉今晚会有些麻烦。"

吉德伦金也那么认为，虽然跟拉姆劳干是朋友，他仍然大声说："嗯，如果有人一定要炫耀……"

拉姆劳干听出了他话里的意思。他笑了笑，拿出手绢，朝自己脸上扇风。"天啦，这种三件套装好热。能有什么麻烦？威士忌是给竞选委员会的，不是给埃尔维拉的每一个人的。选举结束了，他们知道的。"

周五晚上，楼下的人处于周末的兴奋状态中。聊天声、欢笑声和争论声飘到楼上的客厅里。

"他们可以说他们想说的。但我知道巴克什能轻松赢得那次选举。"

"我想知道的是，是谁把哈班斯放到立法班子的？是竞选委员会还是人民群众？"

"不，伙计。不是一箱威士忌。是十二箱。"

"听我说。考费去世那晚传教士就选举失利。我强烈支持他，伙计。给了他两美元。"

“英国国旗下的那箱酒只是十二箱酒的标志。”

“如果不是考费四肢一伸死了，你以为哈班斯会赢？”

“是的，十二箱威士忌放在一张小桌子上看上去不好。”

然后哈班斯来了。

“啪啪！呃？那辆旧道奇车哪里去了？”

哈班斯开了辆崭新的蓝黑色捷豹汽车过来。

“卡车！哈班斯怎么了？”

他不是那个他们熟悉的候选人了。随意的着装不见了，松松的裤子、腰带、敞开的衬衫都不见了。他穿着双排纽扣的灰色套装。外套宽了一点，也长了一点，但那是裁缝的错。哈班斯没有朝大家挥手。他看起来心事重重的样子，眼睛一直盯着地面。他咳了一声，朝排水沟里吐了一口，然后拿出块熨得很整齐的手绢小心翼翼地擦了擦嘴唇——不是擦，是轻拍了几下。

埃尔维拉的百姓很受伤。

他没跟任何人寒暄，也没看任何人，一言不发地从沉默的人群中穿过，径直上了台阶，走进吉德伦金的客厅。大家一直看着他走上去，然后听到他说话，听到拉姆劳干有说有笑的。

他们一点也不喜欢。

不久后，竞选委员会的成员出现在游廊上。弗姆朝下看了看，挥了挥手，马哈德奥也朝下看了看，挥了挥手。哈班斯没有朝下看。吉德伦金也没有朝下看。刚才还笑得很欢的拉姆劳干现在却神情严肃。

他们成一列庄严地走下精致的红色台阶。弗姆和马哈德奥在后面，不得不把步子放小一点。

“嗒。嗒。嗒。”哈理查德说，“啪！啪！啪！嗒嗒－嗒嗒嗒。”

群众大笑。老虎吼叫。

吉德伦金皱了皱眉头，以示安静，群众便安静下来。

哈班斯一直低头看自己的鞋子，表情很痛苦，像是选举失败了一样。拉姆劳干本想配合哈班斯严肃的神情，但他想看看人群，他一朝人群看就发现很难不微笑。

椅子和长凳横七竖八地摆着。人群在路上散开，呈厚厚的半圆形，围着那箱上面盖了英国国旗的威士忌。

哈班斯径直坐在威士忌前面。拉姆劳干在他的右边，吉德伦金在他的左边。弗姆在拉姆劳干的旁边，马哈德奥在吉德伦金的旁边。弗姆右边不远处，坐着哈克和塞巴斯蒂安。

竞选委员会的成员一坐下来，一个男人从人群中跑出来，对哈班斯低声说话。

是巴克什。

他着急地小声说：“约旦今晚不能来。他病了。”

这句话唤起了痛苦的记忆。

“约旦？”哈班斯低声问。

“病了？”马哈德奥问。

巴克什踮着脚尖跑回人群。

塞巴斯蒂安微笑着看着。哈克吸了口气，吐了口痰。

吉德伦金站起来。“女士们，先生们，”没有女士在场，“今晚，哈班斯先生回到埃尔维拉，我们很高兴又一次欢迎他回来。哈班斯先生是一个很好的朋友。哈班斯先生只须看看今晚这里的人群就明白，他在埃尔维拉是多么受欢迎。”

哈班斯小声对拉姆劳干说："约旦病了？谁是约旦？他病得太迟了。"

拉姆劳干为听众欢呼。

吉德伦金看了他一眼，接着说："我想看看有没有人来当面跟我说，是因为哈班斯先生竞选获胜了大家才来看他。我知道——我个人认为——即便哈班斯先生没有赢得选举，他也会想回埃尔维拉，你们也会想来看他。"

有些礼貌性的鼓掌。

"还有，女士们，先生们，闲话少说，让我介绍弗尔姆·巴克什先生。"

弗姆说："女士们，先生们，很高兴在这里见到你们这么多人。今晚，拉姆劳干先生，"他朝拉姆劳干点了点头，但拉姆劳干正忙着跟哈班斯说话，没有注意到，"拉姆劳干先生将赠送一箱威士忌给竞选委员会。女士们，先生们，我很荣幸也很高兴作为竞选委员会的一员。女士们，先生们，时代在变。是民众投的票，确实。但是竞选委员会做了组织工作。在现代社会，如果不组织就干不成事。现在，让我介绍马哈德奥先生。"

弗姆在讲话中提到威士忌和竞选委员会，在人群中引起一阵闹哄哄的低语声，马哈德奥无法开始。

巴克什利用这个间隙又跑上前。

"不要忘了，"他小声对哈班斯说，"约旦不在这儿。他病了。"

吉德伦金站起来，严厉地说："女士们，先生们，马哈德奥先生想说几句。"

马哈德奥说："嗯，你们一定记得……"

吉德伦金拉了一下马哈德奥的裤子。

马哈德奥突然停下来，迷惑不解。“对不起，金匠。”他咳了一声，“女士们，先生们。”他咽了一口口水。“女士们，先生们，哈班斯先生跟威士忌一点关系也没有。我不知道谣言是怎么传开的，但这箱威士忌，”他轻轻地拍了一下那面英国国旗，“是给竞选委员会的，我很荣幸也很高兴作为其中一员。威士忌不是给其他人的。不是哈班斯先生的威士忌。是拉姆劳干先生的威士忌。”

闹哄哄的低语声又响起来。

马哈德奥看了一眼拉姆劳干。“难道不是你的威士忌吗？拉姆劳干先生。”

拉姆劳干站起来，整了整他的蓝条纹夹克衫。“女士们，先生们，正如俗话所言，马哈德奥先生说的千真万确。是我的威士忌。是我的主意。”他坐下来，马上又开始跟哈班斯聊天。

群众的抱怨声不能忽视。马哈德奥一直站着，没说一句话。

拉姆皮阿里的丈夫从人群中走出来，他的腿没有绑绷带。“我们听到的不是那样的。我们没听说给竞选委员会威士忌的事情。我想我此时此刻在这里必须得说，埃尔维拉人一点也不喜欢这种狂欢。瞧瞧这些可怜的人！他们从各处赶来。你以为他们穿上衣服大晚上顶着露水从科多巴到埃尔维拉是来看竞选委员会得到一箱威士忌的？”

哈理查德说：“大家都以为他们可以欺负穷人。让他们把威士忌拿回去。我们埃尔维拉人没有像狗那样伸出舌头等着别人的威士忌，听到没有。埃尔维拉人还有尊严。伙计，把那该死的威士忌带回去！”

现场的埃尔维拉人为哈理查德的发言欢呼。

拉姆劳干不再跟哈班斯聊天。哈班斯的双手轻轻地拍打着膝盖。

马哈德奥仍旧站着，一言不发，他看到人群分成几块，大家都激动地争论不休。他坐下来。

拉姆劳干看向人群时并没有笑。

突然，他跳起来说："我有个好主意，把整箱可恶的威士忌毁了。"他一把抓起箱子，那面英国国旗滑了下来。"继续。激怒我。看我会不会把它扔下去。"

人群突然鸦雀无声。

拉姆劳干板着脸，那箱威士忌在他手里。

拉姆皮阿里的丈夫走上前，温和地说："扔下来。"

群众齐声喊："扔下来！扔下来！"老虎汪汪大叫。

吉德伦金说："坐下，哥们儿。"

拉姆劳干放下威士忌，拿起那面英国国旗。

巴克什跑向哈班斯。这次他不再小声说："别说我没有告诉你。约旦病了。记住。"

哈班斯迷惑不解。

"为什么约旦病了？"他问拉姆劳干。

拉姆劳干没有笑。

人群又聚集在一起。哈理查德和拉姆皮阿里的丈夫来到前面。

哈理查德说："哈班斯先生，我想我应该告诉你，埃尔维拉的老百姓不会忍受这种侮辱。他们为你干活，浪费了宝贵的时间，跑去为你在选票上打叉。"

拉姆皮阿里的丈夫紧了紧他的宽皮带。"他们把钱放在你的口袋里，哈班斯先生。五年稳定的收入。委员会的人做了事已经得到了回报。但看看这些可怜的人。你把他们从科多巴，峡谷路和人民路叫了来。我不能阻止他们，哈班斯先生。”

哈班斯屈服了。他站起来，两手交叉，指关节按得啪啪作响，眼神从脚移到手，像老哈班斯那样喃喃地说：“埃尔维拉善良的百姓为我干活，我打算向拉姆劳干买十箱威士忌让竞选委员会交给你们。”会花他四百美元，但除此之外似乎没有别的办法了。他不能跑到他的捷豹汽车那儿。“十箱威士忌。好威士忌。”他咕哝了一声，露出假牙，“虽然不是白马。你们不能天天都喝白马。”

不可思议的是，人群安静下来。他们取笑哈班斯的小玩笑，兴高采烈地说个不停。

但吉德伦金一点也不高兴。他恨那些群众，恨哈班斯这么轻易就向他们妥协，恨他是因为他现在确切地知道，哈班斯从来没有让他儿子娶奈莉的意思。他还恨拉姆劳干提供威士忌，弄出这么大的动静。

他跳起来大喊：“不！”那是他战斗时坚定的嗓音。人群安静下来。“你们这些人一点廉耻都没有。不是哈班斯先生给你们东西，而是你们应该给他东西。”

群众吃了一惊。

“你们大部分都是印度教徒。哈班斯先生是印度教徒。他赢了选举。你们应该给他东西。你们应该为他祈祷。”

人群中响起嘀咕声。不是表达不满，而是表示不解。

“比方说，为他举行一次卡塔。让梵学家达尼拉姆诵读印度教的经文。”

效果是惊人的。连拉姆皮阿里的丈夫都不好意思了。他摘掉帽子，朝那箱威士忌走近了一两步。“但是，金匠，一次卡塔会花很多钱。”

“当然会花钱！”

拉姆皮阿里的丈夫退下。

哈班斯站起来，轻声说：“哦，金匠。如果他们看得起我，想给我举办一次卡塔，我们一定要让他们给我举办一次卡塔。哦。跟你说什么来着，呃，埃尔维拉善良的人们。你们自己先捐点钱。”

群众太惊讶了，没有想到要表示抗议。

只有哈克摇摇晃晃地站起来说：“为什么我们要捐钱为一个印度教徒举办卡塔？我们是穆斯林。”

但没有人听见他的话。哈班斯还在说：“你们先捐钱。”他的假牙又露出来，金光闪闪。“你们每捐一美元，我就放一美元，用我们所有人捐的钱，我们就能举办一次卡塔。”哈班斯其实听到了哈克的话，他转身面向本身是穆斯林的弗姆寻求支持：“弗姆，怎么样？你不觉得是个好主意吗？”

弗姆站起来。“是很好的事情。我同意金匠的话，埃尔维拉的百姓应该给点什么给他们自己尊敬的议员。”

弗姆的话确实引起了麻烦。

吉德伦金那么说，拉姆皮阿里的丈夫并不介意。大家都尊敬吉德伦金，都知道他没从哈班斯那里拿过一分钱。但弗姆那么说，就不一样了。

“你这么说真好，弗尔姆·巴克什。”拉姆皮阿里的丈夫说，“你的口袋满满的。你给哈班斯做竞选干事每个月拿两百美金。”

“还有你父亲得了一辆宣传车。”哈理查德插进来，“埃尔维拉每一个人都知道，你父亲得的那五十六张选票里，有一张是他自己投的。”

巴克什冲到人群前面。

“什么宣传车？”他问。

吉德伦金又站起来。“我们这些竞选委员会的成员打算把这箱威士忌还给拉姆劳干先生。”

这话让马哈德奥发起脾气来。

“为什么？为什么我们必须还这箱威士忌？”

“哈理查德，你到底怎么知道我没有选哈班斯？”

“工作人员告诉我的。”哈理查德说。

巴克什一时不知所措。然后他喊道：“哈班斯，如果你打算给钱给印度教徒举办卡塔，你也得给穆斯林举办克塔布[1]。”

马哈德奥说：“金匠，为什么我们要还回威士忌？”

“闭嘴，你这个蠢蛋。”吉德伦金小声说，“我们不是真的还。”

哈克已经一瘸一拐地走到威士忌的旁边，他说：“穆斯林也为哈班斯投了票。后来怎么着？这些天他们没有把穆斯林的票计算在内了吗？”

“好了。”哈班斯轻声说，“你们穆斯林也为你们的克塔布筹钱。你们每筹到一美元，我也加一美元。好吗？”

然后有人跳起来问，基督徒怎么办？

拉姆皮阿里的丈夫大声说：“哈克，你在那里干什么？你选了哈

---

①一种在清真寺里举行的诵经仪式。

班斯吗？”

“选了谁是我的事。还没有人让你做警察。”

后来一片混乱。拉姆皮阿里的丈夫将战火转向巴克什。巴克什攻击哈班斯。弗姆受到无数陌生人的攻击。马哈德奥受到那些生了病但没有受到关照的人的攻击。哈克当面质问哈班斯。哈班斯一直在说“哦、哦”，想安抚每一个人。只有两样东西保持不动，始终如一：吉德伦金和那箱威士忌。

不管怎样，经过几分钟复杂的争论后，有些事定下了。竞选委员会将那箱威士忌还回去。埃尔维拉的百姓将得到宗教上的安慰。穆斯林会举办他们的克塔布，印度教徒会举办他们的卡塔，基督教徒会举行他们的仪式。

但没有人真正高兴。

拉姆劳干坚持要哈班斯举行还酒仪式。

哈班斯说：“女士们，先生们，你们真是太好了，要我今天来赠送这箱威士忌。看到竞选委员会不想要它，我有多么高兴，多么自豪，这种感觉无法言说。委员会的成员尽了他们的责任，责任就是他们的酬劳。”

有些嘲笑的欢呼声。

“所以，拉姆劳干先生，我把你的威士忌还给你。我很高兴看到，在此刻，埃尔维拉人将神放在他们心里。”

弗姆说：“为尊敬的苏鲁吉帕特·哈班斯大呼三声。嘿－嘿－嘿。”

没人响应。

只有巴克什跑上前。

“约旦病了，哈班斯先生。”

“我希望他好起来。”

“最后说一次，哈班斯先生。约旦病了。”

群众静静地往前挤，围着委员会的成员。

哈班斯将过大的外套扣好，准备离开。他将手放在拉姆皮阿里丈夫的手臂上，表示他不害怕。“稍微让一让。让我过去。”

拉姆皮阿里的丈夫两手交叉放在胸前。

“让一让，伙计。我最后一次来埃尔维拉，我跟你说。是你们所有人将我赶走的。”

拉姆皮阿里的丈夫说：“我们知道你现在是尊敬的议员了，但你聋了吗？你没听到那人说什么吗？约旦病了。”拉姆皮阿里的丈夫转身背对着哈班斯，面向人群说：“你们今晚看到约旦了吗？”

群众齐声回答：“没有，我们没有看到约旦。”

“约旦怎么啦？”拉姆皮阿里的丈夫问。

“约旦病了。”群众回答。

哈班斯看了眼吉德伦金。

吉德伦金说：“你最好去。”

约旦住在远离主干道的一条小路上。那晚没有月光，远处的小屋偶尔透出油灯的光亮，只是让黑暗变得更恐怖。在哈班斯和他的竞选委员会后面，几乎跟着一半聚集在吉德伦金家店铺外的群众。老虎在队伍里面进进出出。一个戴着眼镜、镶了金牙、戴着花盆形帽子、看起来很不友好的年轻劳工将脸凑到哈班斯身边说：“别担心老一代。你要担心的是像我这样的年轻一代。”

约旦正在等他们。他是个年轻黑人，躺在前屋的躺椅上，胖胖的脸蛋，看起来快要睡着的样子，头上一堆僵硬的卷发。他穿了睡衣，那睡衣看起来很新。吉德伦金有点吃惊。埃尔维拉没人穿睡衣。

“约旦，”哈班斯喊道，“你病了？”

“是的，先生。”约旦说，“中风。这一边。”他的手沿着身子的左边一路往下摸。

“这人病得很严重，”拉姆皮阿里的丈夫说，“他接下来很长时间都不能干活。”

“病是突然来的，”约旦说，“我正在喝一杯水，就病了。砰的一声，就像那样。”

一个老太太、一个年轻女人，还有一个男孩走进屋里。

“母亲、老婆、兄弟。”巴克什解释道。

“约旦要养他们所有人。”哈理查德说。

吉德伦金瞧不起约旦和约旦的家人。他说：“给他十美元，我们走。”

“十！”约旦不悦地大喊，“五十。”

“至少五十。”巴克什说。

“至少。”拉姆皮阿里的丈夫说。

“不只是给约旦。”巴克什说，“你可以说是给埃尔维拉人的某种谢礼。”

“确实。”哈理查德说，“不能来收了选票就走。看起来不好。听起来不好。”

哈班斯说：“这次选举让我成了穷光蛋。他们应该通过某种法律，防止候选人花太多钱。”不过他还是拿出钱包。

约旦说："上帝会保佑你，老板。"

哈班斯拿出两张二十美元，一张十美元，每一张都弄得噼啪作响，然后递给约旦。

老虎突然跳到躺椅上，踏过约旦的新睡衣，前爪踩在窗台上，一个劲儿地叫。

几乎在同时，从主干道传来一声响亮的爆炸声。几秒之后，更多爆炸声传来。

小路上的群众大喊："起火了！"

大家忘了约旦的中风，都抢着往外跑。竞选委员会的成员，约旦的母亲、老婆、兄弟。约旦自己也忘了他的中风，跪在躺椅上朝窗外看。在主干道的方向，天空明亮，照亮了黑暗中的房子和树。

有人在哭喊："哈班斯先生！金匠！"

哈班斯已经到小路上了，他跑步的样子很狼狈，像是穿了紧身裙的女人。

他发现群众围着正在燃烧的捷豹汽车默默地站了一大圈。油箱已经爆炸，现在围观很安全了。火光映红了人们的脸，他们没有笑，看起来像是在沉思。

哈班斯也停下来，看汽车燃烧。由于捷豹车的备用油箱也装得满满的（哈班斯喜欢那样），所以火燃得很快，也燃得很旺。现在没什么烟，只有纯净的火苗。热浪后面人们的脸都是扭曲的。

小路上的人们兴高采烈地往主干道上跑，涌到车旁，站好后便安静下来。哈班斯被挤在中间。

弗姆非常沉着。

他挤过人群走到哈班斯身边。

“哈班斯先生，来。”

哈班斯想都没想就跟过去。他们上了宣传车。直到弗姆驾车离开，这些埃尔维拉人才转身看。他们没有欢呼，也没有发出嘘声，什么也没做。只有老虎，没有看到弗姆，跑着跟在宣传车后面大叫。

“现在好了，哈班斯先生。”弗姆说，“如果你待在那儿，你就会问他们。如果你问他们，你只会带来更多的麻烦。”

“埃尔维拉，埃尔维拉。”哈班斯摇了摇头，对着自己的手背说。他那件有点大的灰外套的袖子几乎遮到了手指的关节处。“埃尔维拉，你是个婊子。”

他再也没来过埃尔维拉。

捷豹汽车买来还不到一个礼拜。保险公司给他买了辆新的。

汽车被烧的事让洛克胡赢得了名声。他跟新娘住在西班牙港亨利街一间破旧的出租房里。他向《特立尼达卫报》和《西班牙港政府公报》求过职，但都没有成功。星期六，捷豹车被烧的消息传开了。洛克胡乘出租车到哈理查德在库瓦的印刷所，从哈理查德那里打听到事情的经过。听来的消息，再加上他自己对那次选举的了解，他有了素材，写了篇非常棒的后续报道，交到《特立尼达哨兵报》。那篇报道在星期天刊出。标题是洛克胡自己写的：“一箱威士忌，一辆崭新的捷豹车，以及埃尔维拉的选举”。他受到了威廉姆·萨洛扬[1]

---

[1]美国作家、剧作家。

的影响。

星期一，洛克胡便成了《哨兵报》的职员。他开始定期给《哨兵报》的周日专栏“洛克胡日志”写稿。

弗姆的愿望实现了。他得到了洛克胡以前的工作，为卡罗尼的电影做宣传。还有，他为哈班斯做竞选干事挣了两百二十五美金，他已经可以冷落弗朗西斯老师了。

弗朗西斯老师的观念发生了巨大变化。在圣诞节假期，他跟西班牙港最混血的家庭史密斯家结了亲。他放弃了所有知识分子的抱负，赢得了教育部门的赞赏，被任命为学校巡视员。

拉姆劳干。他获得了最大一笔朗姆酒钱。他现在可以买冰箱了。也可以摘自己的花，吃自己的面包果和鳄梨了。

达尼拉姆。他有点运气。他姐夫九月份去世了，他姐姐过来跟他住在一起。

老虎。它暂免受罚。它会聒噪而长久地活下去。

吉德伦金。但吉德伦金输了。他给哈班斯发了很多信，但都没有得到回复。最后，他去西班牙港见哈班斯，但哈班斯让他在游廊里等了很长时间，见面时打招呼非常冷淡，所以他没提孩子们订婚的事情。是哈班斯提的。哈班斯说："吉德伦金，特立尼达的印度教徒人数下降很快。我说，让那些想走的人赶快走。如果只有一百个好的印度教家庭留下来，那也很好。但我们不能让我们的孩子跟那些深夜还在跟穆斯林男孩瞎溜达的人结婚。"吉德伦金接受了哈班斯的理由。事情就那样了结了。

但如果说吉德伦金输了，奈莉则赢了。那年九月，她去了伦敦，在摄政街工艺学校学习。她参加所有的舞会，非常享受。那年圣诞节，她寄礼物回家，给父亲买了一把雨伞，给母亲买了一幅四屏中国花鸟画。花鸟画被挂在圣雄甘地和乔治五世那幅画的旁边。雨伞成了吉德伦金走亲访友套装的一部分。

就这样，哈班斯赢得了选举，保险公司损失了一辆捷豹汽车。吉德伦金失去了女婿，达尼拉姆失去了儿媳妇。埃尔维拉失去了洛克胡，洛克胡赢得了名声。埃尔维拉失去了库费先生。传教士损失了保证金。

图书在版编目(CIP)数据

全民选举/〔英〕奈保尔著；马群英译.—海口：南海出版公司，2015.1

ISBN 978-7-5442-7440-1

Ⅰ.①全… Ⅱ.①奈…②马… Ⅲ.①长篇小说—英国—现代 Ⅳ.①I561.45

中国版本图书馆CIP数据核字（2014)第218600号

著作权合同登记号 图字：30—2011—037

全民选举
〔英〕V.S.奈保尔 著
马群英 译

出 版 南海出版公司 (0898)66568511
海口市海秀中路51号星华大厦五楼 邮编 570206
发 行 新经典发行有限公司
电话(010)68423599 邮箱 editor@readinglife.com
经 销 新华书店

责任编辑 黄宁群
特邀编辑 王 丹
装帧设计 韩 笑
内文制作 王春雪

印 刷 北京汇林印务有限公司
开 本 850毫米×1168毫米 1/32
印 张 8.125
字 数 150千
版 次 2015年1月第1版
印 次 2015年2月第2次印刷
书 号 ISBN 978-7-5442-7440-1
定 价 39.50元